황제는 살고싶다

SPECTACLE FANTASY STORY
날망 판타지 장편소설

황제는 살고 싶다 제2권

초판 1쇄 인쇄일 | 2022년 04월 06일
초판 1쇄 발행일 | 2022년 04월 13일

지은이 | 날망
발행인 | 임광순

기획팀 | 이기일, 이종혁, 이경근, 정현웅, 이승준
디자인팀 | 박창수, 신지혜

펴낸곳 | 영상출판미디어(주)
주소 | 21315 인천광역시 부평구 부평대로 283, 부평우림라이온스밸리 7층 A-702호(청천동)
전화 | 032-505-2973(代) | **FAX** 032-505-2982
등록번호 | 제 2002-000003호
홈페이지 | www.ysnt.co.kr
E-mail | ysnt2000@hanmail.net

ISBN 979-11-380-1263-8
ISBN 979-11-380-1261-4 (세트)

황제는
살고싶다

2

황제는 살고 싶다

제1장
대사막

일행들의 얼굴에 경악이 떠올랐다.

데스 나이트를 상대하기 위하여 움직이던 라이너스 후작도, 언데드 몬스터들을 처리하던 그랑카인과 로빈슨 단장까지.

설마하니 에쉬드가 이렇게까지 빠르게 움직여 황제를 노릴 것이라고는 누구도 예상치 못했다.

특히나 함께 움직이기로 사전에 명령을 받은 세실리아와 레베카의 놀람은 상상을 초월한 것이었다.

일촉즉발의 상황.

감히 몬스터 따위가 고귀한 황제의 몸에 손을 대기 직전이었다.

그녀들은 급하게 움직여 보려 하였으나 몸이 따라가지

않는 상태였다.

쾌앙!

에쉬드의 공격은 간단하게 막혔다.

"아⋯⋯!"

모든 이가 가슴을 쓸어내린다.

옥체가 상한다는 가정은 할 수도 없는 것이었으나 조금이라도 상처를 입는다면 삼족이 멸해도 할 말이 없는 중죄였다.

호종을 하지 않는다면 모르겠지만 이미 지근거리에 두명이나 호위가 붙어 있었으니까.

그들은 보았다.

에쉬드의 표정이 일그러지며 수많은 생각이 스쳐 가는 것을.

놈은 본능적으로 자신이 불리하다는 사실을 깨달았을 것이다.

기껏해야 모험가 무리였기에 간단하게 처리한 후에 언데드 군단에 합류시킬 수 있다고 확신하였으리라.

보통의 경우라면 에쉬드의 판단이 맞다. 문제는 황제라는 존재 그 자체였다.

당혹감을 느낀 에쉬드가 본능적으로 위협을 느끼고 물려나려 할 때였다.

"죽어라."

황제의 싸늘한 한마디가 들렸다.

쿠아아앙!

그의 손에서 오색의 찬란한 빛이 쏟아졌다.

지금까지 황제는 손짓 하나로 모든 적을 죽여 왔다.

주제도 모르고 도전해 왔던 라이톤 공작이 그러했고, 한때 제국을 공포로 몰아넣었던 광룡 카이너스가 그러했으며, 도저히 상식 불가의 강함을 가진 네임드 보스들이 그러했다.

하지만 지금, 황제는 검강 비슷한 무언가를 쏘아 냈다.

'저것이 검강이 맞기는 한가?'

집안 대대로 내려오는 스톰 스워드를 익힌 라이너스 후작조차 저것의 정체를 알 수 없었다. 지독할 정도로 강렬한 죽음의 기운과 파괴력이 느껴졌다.

오색의 찬연한 빛은 가로세로 10m 정도 안의 모든 것을 '삭제'하였다.

퍼어어엉!

에쉬드의 몸통이 완전히 분해되어 허공에서 비산했다.

그 피해는 데스 나이트 두 기도 함께 받았다. 고속 이동을 하던 그대로 산산조각이 나 버렸다.

후두두둑.

뒤늦게 잔해들이 떨어졌다.

라이너스 후작은 물론이고 모든 일행들은 그 충격에 말

을 잊었다.

황제는 겪으면 겪을수록 경악스러운 존재였다. 도저히 인간의 상식으로는 재단조차 할 수 없는.

곧 라이너스 후작은 그들 가문의 비전 검술이 누구로부터 비롯되었는지 깨달았다.

"폐하!"

골수까지 황가에 대한 충성심으로 뭉쳐 있는 라이너스 후작은 감격에 몸을 떨었다. 자신의 가문이 얼마나 대단한 검술을 보유하고 있는지, 그리고 그것을 황제가 직접 하사해 주었다는 것에 대한 감동이었다.

저벅저벅.

모두의 몸이 굳어 있을 때, 황제가 움직였다.

보스는 물론이고 그 호위들인 데스 나이트들까지 완전히 박살 난 상황이었고, 극렬한 어둠의 기운이 물러나고 언데드를 유지하던 마력이 사라지면서 모든 적들은 자연으로 돌아갔다.

이른바 턴 언데드(Turn Undead)다.

황제는 빛을 잃어버린 마석을 주워 들었다.

"언데드의 왕이라더니, 핵조차 썩어 버린 건가."

타로스는 드디어 초공간 이동을 얻었다.

마력조차 심지 못하는 존재인 에쉬드를 이렇게 쉽게 죽

여 버릴 수 있었던 것은 바로 파워드 킬이 가지고 있는 또 하나의 기능 때문이었다.

일직선 10m 내 모든 사물을 파괴한다.

어떤 적이라도 10m 안에 들어오기만 하면 즉사한다.
이는 세상의 모든 법칙을 무시하는 공격이었다.
에쉬드의 실책은 단 하나였으나 그것이 자신을 죽음으로 몰아넣었다. 세상을 어지럽힐 언데드의 왕이 허무하게 무너져 버렸다.
타로스는 새롭게 새겨진 스킬을 고찰했다.

초공간 이동[패시브]
자연의 법칙을 무시하며 이동한다.

신화급의 스킬들은 대부분이 자연의 법칙을 무시했다.
물리 법칙과 마나 법칙, 신성력의 법칙마저 역행하는 말도 안 되는 스킬들이 꽤 있다.
그중 최고봉은 즉사기와 절대 방어기였으나 초공간 이동도 만만치는 않다.
이로써 타로스는 그럭저럭 기본기를 갖출 수 있게 되었다.

제국은 불안전하였고 전쟁 이후에도 많은 문제들이 발생할 수 있었지만, 최소한 제후들 중에서는 타로스를 쉽게 죽일 수 있는 자는 없다.

타로스는 무심한 얼굴로 말했다.

"복귀한다."

한때 제국을 매우 곤란한 지경으로 몰아넣었던 언데드 사태.

이곳 금역, 통칭 죽음의 땅으로도 불리던 아령 산맥은 이제 정화되었다. 최소한 언데드 사태가 번져 나갈 사태는 예방한 것이다.

황제는 산맥 중턱에서 쉬어 갈 것을 명했다.

세실리아와 레베카가 식사를 준비하는 동안 타로스는 에쉬드를 죽이고 얻은 스탯을 분배하기로 했다.

'5업이라.'

에쉬드의 레벨은 분명히 97이었다.

그럼에도 불구하고 레벨이 5개밖에 오르지 않았다는 것은 이제 타로스도 폭렙을 할 때는 지났다는 뜻이다.

안타까운 일이었지만 어쩔 수가 없다. 애초에 '포비아 킹덤'에서 레벨 업은 어려운 일이었으니까.

플레이 타임을 길게 잡은 것도 원인이겠지만, 게임 속에서는 몇 년의 흐름이 겨우 30분 안에 끝나기도 한다.

그러니 현실을 살아가고 있는 타로스의 입장에서는 레벨업이 매우 더디게 느껴진다.

그렇기에 더욱 신중하게 분배해야 한다.

보너스 스탯은 20개.

타로스는 앞으로 얻을 유물까지 생각하여 분배를 마쳤다.

[체력: 60(+33) 힘: 60(+28) 민첩: 60(+23) 마력 61(+39)]

다음에 얻을 유물이 민첩과 깊은 관련이 있었기에 민첩을 60에 맞추었고, 나머지는 마력에 밀어 넣었다.

이렇게 되니 스탯이 평균 60에 맞춰졌다.

이제 어떤 유물을 얻더라도 스탯 제한 때문에 사용할 수 없는 일은 일어나지 않을 것이다.

분배를 만족스럽게 마치고 나서 타로스는 라이너스 후작에게 물었다.

"후작, 에쉬드는 죽였지만 아직도 자연으로 돌아가지 못하고 있는 망자들이 있다. 이를 처리해라."

"예! 바로 군대를 일으키겠사옵니다. 1만의 병력을 동원하고 용병 3천을 고용하여 다 쓸어버리도록 하겠습니다."

타로스는 가볍게 고개를 끄덕였다.

이만하면 라이너스 후작가에서의 볼일은 끝났다.

휘이잉.

삭풍이 불고 있었다.

이제 곧 12월.

제국에 본격적인 겨울이 닥칠 것이다.

타로스는 남쪽으로 이동하기로 결정하고, 라이너스 후작과 헤어지기로 했다.

어디까지나 지금 황제는 잠행을 하고 있는 중이었으므로 거창하게 배웅은 하지 못하였지만, 영지 기사단이 후작령의 경계까지 함께 나왔다.

헤어지기 전에 라이너스 후작은 무릎을 꿇고 엎드렸다.

"폐하! 부디 강녕하시기를 바라옵니다!"

"곧 만날 것이다."

타로스는 레베카를 바라봤다.

그래도 아버지와 헤어지는데 인사를 하는 것이 어떻겠냐는 뜻이었다.

타로스가 강권하지 않았다면 이 답이 없는 부녀는 그저 그렇게 헤어졌을 것이다.

레베카는 어쩔 수가 없다는 듯, 꾹 다물고 있던 입을 열었다.

"아버님, 봄에 뵙겠습니다."

"오냐, 폐하를 보필하도록 해라."

"예."

"……."

부녀의 대화는 더 이상 이어지지 않았다.

참으로 무뚝뚝한 사이가 아닐 수 없다.

30인의 기사들은 다시 합류하였고, 로빈슨 단장은 슬쩍 타로스에게 물었다.

"폐하, 이제 어디로 향합니까?"

"대사막으로 간다."

12월 초.

제국 중부에서 출발한 일행들은 남부로 쭉 남하하여 대사막 입구를 앞에 두고 있었다.

이제 하루만 더 가면 대사막으로 향하기 전의 마지막 영지이자 남부 국경선인 그란달 남작령에 도착한다.

일행들은 그곳에서 하루 정도 쉬면서 보급을 하고 대사막으로 향할 예정이었다.

대사막까지 잠행을 완료하고 나면 더 이상은 이런 식으로 나다닐 수 없다. 전쟁을 준비해야 하기 때문이다.

이번 잠행에서 얻을 것은 두 가지.

하나는 바로 신화 '스모크'였고, 또 하나는 '유목민의 인장'이다.

스모크는 한마디로 연기처럼 사라지는 것을 뜻하였으나 정확하게 말하면 짧은 공간을 뛰어넘는 '블랭크'를 말

한다.

많은 게임에서 블랭크와 순간 이동은 마법사들이 당연히 사용하는 것으로 그려졌지만 포비아 킹덤은 그렇지 않다.

애초에 공간을 도약한다는 자체가 밸런스를 해치는 행위다.

장거리 도약과 같은 순간 이동이 아무렇지도 않게 활성화되면 무역이 붕괴하고, 전쟁의 양상도 매우 단순해지는 등 여러 가지 문제를 발생시킨다.

짧은 공간을 뛰어넘는 블랭크도 마찬가지다.

전투 중에 공간을 도약하여 상대방의 머리 위에 나타난다거나 등 뒤에 나타나서 찌르게 되면 난이도는 확 떨어진다.

그 때문에 이러한 기술은 오직 소수만 가질 수 있도록 설정되었다.

두 번째는 대사막의 유목민 호루루 부족이 가진 유물 '유목민의 인장'이다.

유목민의 인장은 후반까지 사용할 수 있는 아주 중요한 스킬이 자체적으로 붙어 있었다.

바로 기마술.

기마술이 아무것도 아닌 것 같았지만, 전쟁에 나서면 결코 그렇지 않다.

기마술이 완벽해야만 말을 타는 도중 활을 쏘는 것이 가능하였으며, 말 위에서 안정적으로 전투를 벌일 수 있었다.

많은 역사서에 등장하는 명장들은 말에서 돌격하며 자유롭게 일기토를 벌이는 광경들이 묘사되었지만, 실제로는 상당히 힘든 일이다.

말 위에서는 펼칠 수 있는 기술에 한계가 있었으며, 땅 위에서 딛는 것보다는 훨씬 움직임이 단순화될 수밖에 없는 것이 현실이었다.

승마 따위는 전문적으로 수련한 적이 없는 타로스에게 있어 기마술은 매우 중요한 문제였다.

이 두 가지를 얻기 위하여 타로스는 대사막으로 향하고자 하였다.

두두두두!

일행들은 본격적으로 사막 지형에 접어들었다.

동시에 날씨가 급변했다.

방금 전까지만 해도 주변의 풍경이 한겨울을 연상케 하였지만, 사막 지형에 접어들자 무더위가 내려앉은 것이다.

더위를 먹기 싫다면 이쯤에서 환복을 하고 사막에 적응할 준비를 해야 한다.

"잠시 쉬어 간다."

"말을 멈추라!"

그래도 아직까지는 곳곳에 야자수들도 있고, 드문드문 오아시스도 있었다.

일행들은 오아시스에서 잠시 정비를 했다.

"폐하, 궁금한 것이 있습니다."

"말해라."

"대사막에는 어떤 목적으로 가는 건지요?"

제이나였다.

지금까지 일행들은 도대체 왜 황제가 하필이면 대사막으로 가려는지 알지 못하고 있었다. 그저 명령이기에 따랐을 뿐.

그녀뿐만이 아니라 모두가 궁금해했던 문제이기에 시선이 황제에게 집중되었다.

타로스는 무심하게 한마디를 툭 내뱉을 뿐이었다.

"자이언트 스콜피온을 잡는다."

§ § §

뜨겁게 내리쬐는 태양, 건조한 공기.

도저히 12월 초라고는 볼 수 없을 정도의 날씨다.

대사막은 대륙 3대 금역으로 통하였고, 그 안으로 들어가는 것은 자살 행위로 여겨졌다.

그 안에 도사리고 있는 보스는 일명 사막의 왕이라고도 불리는 자이언트 스콜피온이다. 사실 대사막의 악명은 그놈이 만들어 냈다고 해도 무방하다.

사막의 골칫거리인 자이언트 스콜피온을 잡아 제국의 후방을 튼튼히 한다.

신화 스킬과 함께 호루루 부족이 가지고 있는 유물까지 노리기 위하여 이번 일정을 소화하고 있는 것이다.

일행들은 오아시스에서 충분히 휴식을 취했다.

수통에 물을 채우고 말들에게도 건초를 충분히 먹였다. 그나마 말을 타고 횡단할 수 있는 것은 아직 제국의 영토였기에 가능한 일이다.

사막에도 관도가 깔려 있었으며, 금역의 몬스터들을 최전방에서 막아 내는 영지까지는 통행이 원활해야 했으니까.

"폐하, 수련 준비가 끝났사옵니다."

이동하는 틈틈이 타로스는 수련을 쌓았다.

하루에 기껏해야 20분 정도의 수련이었지만 이러한 시간이 쌓이다 보니 발전을 이루었다.

동체 시력의 강화는 란투스 자작이 합류하면서 더욱 난이도가 높아졌고, 바로 어제, 화살촉 끝의 숫자를 완벽하게 인식하게 되었다.

이제 수련은 다음 단계로 넘어간다.

타로스가 수련을 위하여 나오자 기사들이 몰려들었다.

웅성웅성.

"오늘도 시력 강화를 하시려나?"

"그렇지 않을까? 폐하께서는 이미 무적이시니 시력 강화 이외에는 무언가 더 할 수 없을 것 같은데."

기사들은 그렇게 여겼다.

에쉬드를 처지하고 여행을 시작하면서 하루도 쉬지 않고 타로스는 수련을 쌓아 왔다.

제국 최고의 궁술을 가진 란투스 자작이 쏘는 활을 인식한다는 것도 어려운 일이다. 이로 인하여 타로스는 초감각을 다루는 법을 완벽하게 터득하게 되었다.

이제는 초공간 이동에 대해서도 고찰을 해 보아야 한다.

타로스는 란투스 자작과 나란히 섰다.

"······?"

기사들은 고개를 갸웃거렸다.

도대체 타로스가 지금 무슨 일을 하려는지 이해할 수가 없었기 때문이다.

"폐하, 오늘은 다른 수련을 하시옵니까?"

"수련의 목적은 다르다. 그러나 경은 예전과 마찬가지로 표적에 활을 쏘면 된다."

"음······. 알겠습니다."

사람들은 황제의 수련 목적이 무엇인지 궁금해하였으나 더 이상은 묻지 않았다.

황제의 말에 반박하는 것도 불충이었지만, 곧 있으면 그 목적이 무엇인지 알게 될 것이기 때문이다.

쫘드드득!

란투스 자작이 거대한 대궁을 들었다.

활은 비명을 내며 휘어지고 활줄은 팽팽하게 당겨졌다.

명색이 제국 최고의 궁사인 란투스 자작의 활은 당연히 평범한 물건이 아니었다.

대륙에 몇 개 없는 대궁 계열 유물이었으며 자체적으로 마력을 발산한다. 또한 그 속도가 무지막지했다.

처음에는 기사단장인 로빈슨조차 그 궤적을 쫓기 어려울 지경이었다.

타로스가 수련을 진행하면서 기사들은 어떻게든 화살의 궤적을 쫓기 위하여 노력하였고, 이제는 그럭저럭 궤적을 확인할 정도는 되었다.

그야말로 빛과 같은 속도를 가진 화살.

퉁!

마력이 모이자 화살에서 빛이 났다.

그 순간, 타로스는 초감각을 활성화하였다.

주변이 느려지고 시간이 축 늘어졌다.

여기에 더하여 초공간 이동까지 활성화시켰다.

얼마 전에 알게 된 사실이었지만, 초감각과 초공간은 시너지 효과가 있었다. 초감각을 켠 상태로 초공간 이동을 사용하는 것이 조금이라도 더 빠르게 이동할 수 있다는 사실을 깨달은 것이다.

쐐애액!

화살을 따라 타로스가 움직이자, 곧이어 놀라운 일이 벌어졌다.

사람들의 눈에는 화살과 타로스의 몸이 동시에 사라지는 것처럼 보였다.

화살이 야자수를 꿰뚫고 폭발을 일으키는 순간, 타로스는 그 옆에 서서 잔해들을 막아 내고 있었다.

콰아아앙!

"……!"

모두의 눈에 경악이 어렸다.

끊임없이 흔들리는 눈동자.

지금까지 황제는 직접 이렇게 빨리 움직인 적이 없었다. 그 전에 모든 적을 죽여 버렸기 때문이다.

그러나 오늘, 그들은 황제의 진면목을 봤다.

도저히 그의 움직임을 쫓을 수가 없었다.

저벅저벅.

타로스는 다시 제자리로 걸어왔다.

그 순간까지도 기사들은 아무런 말을 할 수가 없었다.

상식을 뛰어넘는 수련.

하지만 정작 타로스는 결과가 마음에 들지 않는다는 듯 눈살을 찌푸렸다. 비록 그것이 눈을 살짝 가늘게 뜬 정도의 변화였지만, 오랫동안 황제를 수행한 기사들은 그 차이를 인식했다.

"다시 간다."

"예, 옛!"

콰드드드득!

란투스 자작이 기겁하며 다시 대궁의 시위를 당겼다.

두두두두!

일단의 무리들이 대사막을 향하여 착실하게 나아가고 있었다.

관도는 제법 잘 관리가 되고 있었고, 곳곳에 상인들과 마주하기도 했다.

비록 대사막은 공포의 대상이 될지언정 제국 내 영토는 안전하다는 뜻이었다.

사막에 들어선 자들은 모두 하얀 천으로 몸을 돌돌 말았다. 그리하지 않으면 더위를 먹거나 체온 조절에 실패할 수밖에 없었기 때문이다.

다만, 만나는 상인들마다 일행의 중무장 상태를 보며 매우 당황스러워했다. 웬 미친 인간들이 죽고 싶어 발악하는 것처럼 보였던 것이다.

그저 그들은 일행들을 보호하는 대마도사가 있다는 사실을 알지 못했기에 사소한(?) 오해를 했을 뿐이다.

"단장, 도대체 아까 폐하의 수련은."

"놀랐소?"

"당연히 놀라지. 기겁을 했다니까."

란투스 자작은 아직도 떨리는 가슴을 주체하지 못했다.

어떻게 인간이 화살보다 빠르게 이동할 수 있단 말인가? 그것도 제국 최고의 궁사가 쏜 화살을 쫓으며 말이다.

괜히 란투스 자작의 별명이 빛의 궁사라고 불리는 것이 아니다.

유물의 영향으로 화살에서 빛이 나고 정말로 빛과 같은 속도로 쏘아지기에 그런 별명이 붙은 것이다.

어느 정도 화살의 속도가 떨어진 이후라면 모르겠지만, 처음 활이 쏘아진 이후 백 미터 정도는 눈에 보이지도 않을 정도로 빨랐다.

단순히 동체 시력 강화를 위한 수련까지는 그러려니 했다. 하지만 이번에는 인간의 상식을 뒤집어엎는 수련이었다.

화살촉을 보는 것을 뛰어넘어 아예 그 궤적을 쫓아 이동한 것이다.

"폐하를 이해하려 하는 것 자체가 불충이오."

"그거야 알지. 그런데 과연 폐하께서 인간인지에 대해서는."

"인간이 맞소."

"확신할 수 있어?"

"물론이오."

인간이기에 인간의 황제를 영위한다.

제이나가 질문을 던졌을 때 정확하게 황제의 입에서 나온 말이었다.

"내가 줄 하나는 아주 잘 잡았어."

"그걸 이제야 깨달았다니. 폐하께 항상 감사하는 마음으로 살도록 하시오."

"그건 당연하지."

란투스 자작은 가슴을 쓸어내렸다.

만약 계속해서 귀족파에 있었다면 전쟁 이후에 바로 숙청됐을지도 모를 일이었다.

저런 힘을 가진 황제가 움직인다면?

백만 대군이 깔려 있다고 해도 돌파하여 제후의 목을 따는 건 그리 어려운 일도 아닐 것이다.

제국 남부 국경선이자 대사막 초입에 접어드는 마지막 영지 그란달 남작령.

타로스가 잠행 중이라는 사실이 오지 중의 오지라고 불리는 그란달 남작령까지 전달된 모양이다.

텔레포트는 설정상 막아 놨다고 해도 마법 통신까지는 배제하지 않았기에 소문이 나는 속도도 빨랐다.

그란달 남작은 황제파에 속해 있는 귀족으로 비교적 타 제후들에 비해서는 약체로 불린다.

그란달 LV. 90
제국 남부의 제후

그런 그란달이라고 해도 제후는 제후다.

기사급은 뛰어넘었으며 레벨은 90.

약체라고 불리는 것도 어디까지나 제후들의 기준인 것이었지, 홀로 적진으로 쳐들어가 적장의 목을 딸 정도는 됐다.

그런 제후였으나 행동은 꽤나 가벼워 보였다.

"폐하아아아!"

저 멀리서 일단의 무리들이 달려오고 있었다.

그란달 남작이 1개 기사단을 이끌고 마중을 나왔다.

황제가 잠행 중이라는 사실이 여기까지 퍼져 나름대로 위장을 한답시고 용병처럼 입었는데, 저 정도면 용병이 아니라 비적이라고 봐도 무방할 지경이었다.

100미터 앞에서 하마한 그들은 모래바람을 맞으며 달려와 넙죽 엎드렸다.

"아이고, 폐하! 이런 오지를 방문해 주시니 만대의 광영이옵니다!"

"그란달 남작, 간만이로군. 전쟁 준비는 잘하고 있나?"

"헤헤, 물론입지요. 어떻게든 전력을 끌어모아 1만의 정병을 끌고 참전하겠습니다!"

제후 사이에서는 최약체(?)로 평가받는 그였기에 몸을 낮추는 것이 꽤나 습관이 되었다.

특히나 황제가 직접 방문을 하였으니 거의 땅으로 머리를 뚫고 들어갈 기세다.

나름대로 영지에서는 강렬한 카리스마로 통치한다고 하는데, 이런 모습을 보면 도저히 상상이 되지 않는다.

"가지."

"신이 직접 모시겠사옵니다."

황실 기사단까지 포함하여 무려 140명에 이르는 대인원이 상업 도시 바젠에 접어들었다.

그란달 남작성은 이곳 바젠에 우뚝 솟아 있었다.

원래 영지의 수도는 영토의 중심에 있어야 정상이지만, 대사막에서는 심심치 않게 대규모 몬스터들이 북진하여 제국을 침범하였으므로 최후방에 안전하게 영주성을 구축하였다.

황제 일행이 들어오자 경비병들이 화들짝 놀라 경례를
올렸다.

"추, 추웅!"

"남작, 짐은 잠행 중이다."

"헉! 황공하옵니다."

그란달 남작이 경비병으로 위장하고 있는 기사에게 빠르게 쇄도하더니 머리통을 후려갈겼다.

퍼억!

"컥!"

"이런 멍청한 놈아! 내가 그리도 주의를 주었건만!"

"시, 시정하겠습니다!"

"……."

정문의 경비병이 머리통을 맞으면서 욕을 먹고 있었다.

그러니 성문을 통행하는 상인들이나 백성들은 대체 이
게 무슨 상황인가 싶어 몰려들고 있었다.

"그만해라."

"죄, 죄송합니다!"

타로스의 말에 그란달 남작은 바짝 군기가 든 채로 몸
이 굳었다.

그란달은 정치의 귀재라고도 불린다.

원래부터 황제파이기도 하였지만, 최근 보이고 있는 황
제의 행적 때문이라도 더욱 충성스러운 모습을 보이고 있는 것이다.

한바탕 해프닝이 일어난 후에 일행들은 바젠에 입성했다.

척! 척! 척!

바젠에는 경비병들이 줄 맞춰 제식을 보이며 돌아다니고 있었다.

이는 단순한 경비병이 아니라 주의를 단단하게 받은 영지의 병사들이 순찰을 하고 있다는 뜻으로도 받아들일 수 있었다.

경비병들이 황제 일행을 발견하자 어색하게 소리를 쳤다.

"크흠! 순찰을 강화하라! 오늘 귀빈께서 오신다!"

"예!"

그란달 남작보다 상급자인 란투스 자작은 이런 영지의 꼴을 보더니 혀를 찼다.

"아이고, 화상아. 아예 폐하께서 오셨다고 광고를 해라. 쯧쯧."

"헤헤, 죄송합니다. 그래도 안전제일이 아니겠습니까?"

이제 황제의 잠행은 소문이 나다 못해서 제국 전체로 그 행적이 퍼지고 있었으니, 과연 이걸 잠행이라고 부를 수 있을까?

어차피 이번 방문을 마지막으로 환궁할 생각을 하고 있

었고, 대사막으로 들어가는 미친놈들은 많지 않았으니 타로스는 크게 신경 쓰지 않았다.

문제라면 컨셉을 유지하는 정도라고 할까. 이제 와서 공식 방문을 운운하면 그것도 웃긴 일이었으니까.

"모험가 길드로 간다."

"헤헴, 폐하, 길잡이를 구하시는 것이라면 소신이 자신 있습니다."

"경이?"

"나름대로 직접 대사막으로 군대를 이끄니 지리는 빠삭합니다요."

"대사막을 횡단한 적도 있나?"

"회, 횡단이요?"

그란달 남작은 식은땀을 흘렸다.

대사막을 횡단한다?

그건 미친 짓이다.

대사막은 온갖 몬스터들로 득실거렸고, 초입부만 넘겨도 도저히 인간이 서 있을 수조차 없을 정도의 괴물들이 우글거렸다.

제국이 더 이상 남쪽으로 진출을 하지 못하는 이유도 이런 대사막이 완전히 군대를 차단하고 있었기 때문이다.

대사막 중심으로 가면 기후는 '따위'라고 불러도 될 만큼이나 강력한 몬스터가 즐비했다.

괜히 대륙 3대 금역일까.

이런 상황에서 황제는 지금 대사막 횡단을 이야기하고 있었다.

"그, 그런 자가 있을지는 의문이 듭니다만……."

"짐은 대사막의 최대 골칫거리인 자이언트 스콜피온을 잡으려 한다. 그러기 위해서는 실력 있는 모험가가 필요한 것이지."

'겸사겸사 인재도 구하고.'

타로스는 기왕 잠행을 나온 김에 인재들을 최대한 쓸어 담고자 했다.

§ § §

모험가 길드 그란달 지부.

금역이 인접한 지역은 언제나 모험가 길드와 용병 길드가 성행을 한다.

가장 큰 이유로는 영지 내부나 상인들의 의뢰 때문이다.

금역에는 항상 몬스터나 마물들이 넘쳐났으므로 주기적으로 토벌을 한다고 해도 그 비용이 감당이 되지 않는다.

제후의 입장에서는 모험가나 용병들에게 의뢰를 해 놓

으면 치안이 안정되는 면이 있었고, 그들이 의뢰를 나갔다가 죽으면 의뢰비를 지불할 필요가 없었기에 이러한 방법을 선호했다.

그란달 남작령이 그다지 발달한 영지가 아님에도 불구하고 모험가 길드가 붐비는 것은 이러한 이유였다.

수많은 모험가들이 건물을 들락거렸다.

바깥의 게시판은 말할 것도 없고, 안쪽은 대기표를 뽑아야 할 만큼이나 사람들이 많았다.

하지만 역시 큰 의뢰를 맡기는 경우에는 그런 대기표를 뽑지 않아도 된다.

무엇보다.

모험가 길드의 간부들은 영주의 얼굴을 알아보았다.

또한 황제가 어디로 움직이는지 경로를 계산하고 있었고, 은근히 타로스의 얼굴은 정보를 다루는 자들에게는 잘 알려진 편이었다.

이미 타로스의 행차는 곳곳에 소문이 났다. 무늬만 잠행이지.

그만큼 대파란을 일으키며 제국 내부를 휘젓고 다녔으니, 오히려 알려지지 않는 것이 이상한 일이다.

지부장이 헐레벌떡 나타나 일행을 맞았다.

"아이고, 의뢰인님! 어서 오십시오!"

또다시 한 편의 희극이 펼쳐졌다.

황제는 잠행을 하고 있는 중이었으므로 철저하게 그 사실을 숨긴다, 라는 콘셉트.

지부장은 타로스가 황제임을 알고 있었음에도 불구하고 의뢰인이라고 치켜세워 주었다.

모험가 길드 내부에 정적이 흘렀다.

생각보다 많은 사람들이 이제는 황제의 특징을 알아보았다.

권태로운 표정과 무심한 얼굴. 여기에 기사들이 확실한 일행들까지.

"그대가 지부장인가?"

"예, 예. 저희 지부를 방문해 주셔서 영광입니다요."

"의뢰를 하려 한다."

"어떤 의뢰라도 받아들이겠습니다!"

"대사막을 손바닥 보듯 하는 길잡이를 구한다. 의뢰금은 1만 골드다."

"……!"

어마어마한 금액에 장내가 술렁거렸다.

그러나 누구도 감히 나서지 못했다.

의뢰금이 상상을 초월하는 만큼이나 위험한 일임이 확실하였기 때문이다. 아니나 다를까, 타로스의 의뢰는 상상을 초월했다.

"의뢰의 목표는 대사막의 횡단이다. 정확하게는 대사막

중심부에 도달하는 것이지. 맡을 자가 있는가."

"크흠."

"어찌 대사막을……."

목숨을 걸어야 하는 의뢰였다.

대사막은 단순한 금역이 아니다. 무려 대륙 3대 금역으로 통하는 곳이었고, 설사 사막의 원주민이라고 해도 정해진 구역을 제외하면 절대 함부로 나다니지 않았다. 조금이라도 방심하면 목숨을 잃기 십상이었다.

온갖 몬스터와 마수로 우글거리지만 그중에서 가장 심각한 피해를 주는 존재는 바로 다크 웜이다.

길이 30미터. 때로는 무리를 지어 다니며 레벨은 90에 이른다.

영주가 직접 나서야 한 마리를 간신히 처리할 지경이었기에 모험가들은 토벌 지역으로 지정된 구역만 돌아다녔다.

한참의 시간이 흘러도 임무를 수행할 모험가는 좀처럼 나오지 않았다.

그런 가운데 단 한 사람만이 고민하고 있는 것으로 보였다.

이제 막 모험가가 된 것처럼 보이는 젊은 모험가였다. 갓 성인이나 되었을까.

척!

고민하던 젊은 모험가가 손을 번쩍 들었다.

말끔한 인상에 매우 잘생긴 청년이었다. 물론 신이 빚은 완벽한 외모의 타로스에는 비하지 못하겠지만 그만큼 인상적인 얼굴이었다.

타로스는 그가 누군지 잘 알고 있었다.

'미래의 대상인 라몬 베이커스.'

대상인 베이커스 가문의 막내였으며 후계자 경쟁에서 밀려나 소수의 인원만 이끌고 상행을 나선 상태다.

물론 상계는 애송이가 발을 들일 만큼 만만한 곳이 아니었고, 순식간에 개털이 되어 모험가로 전락했다.

상행에 필요한 종잣돈이 필요한 라몬이라면 분명히 의뢰를 받을 것이라 생각했다.

"그대의 이름은?"

"라몬이라고 합니다!"

"이런 일을 하기에는 지나치게 젊어 보이는데."

"아닙니다. 직접 대사막을 횡단해 본 적은 없지만, 저의 가문에서는 비교적 안전하게 대사막 횡단이 가능한 루트를 보유하고 있습니다!"

"그대의 가문이라."

"저는 라몬 베이커스라고 합니다."

"오오!"

그에게 많은 사람들의 시선이 몰렸다.

제국 최대 상단을 운영하는 베이커스 가문을 모르는 사
람은 없다.

타로스는 무심하게 라몬을 바라봤다.

"따라나서라."

라몬은 휘하의 상인들과 함께였다.

물론 그들 역시 빈털터리였기에 모험가로 전직(?)을 한
상태다.

언젠가는 종잣돈을 모아 다시금 상행을 하기 위하여 노
력하는 중이었다.

험한 일을 해야 많은 돈을 받는다는 것을 알기에 대사
막에서 나오는 의뢰를 수행하고 있었다.

그들에게 있어 1만 골드라면 한 방에 엄청난 자금을 벌
어들일 수 있는 기회였다.

[달이 머무는 대지]

이름이 인상적인 여관에서 일행은 다시 모였다.

오늘은 늦어 대사막으로 들어갈 수 없었다.

오랜 시간 여행을 해 왔기에 하루 정도는 푹 쉬고, 물자
를 보충할 시간을 가져야 하기도 했다.

여전히 타로스는 잠행을 표방하고 있었고, 여관을 고집

했다.

덕분에 그란달 역시 이곳에 낄 수밖에 없었고, 바깥에는 경비병들이 철저하게 감시를 하고 있었다.

식사를 하고 맥주를 마셨다.

보리가 나지 않는 그란달 영지였지만 맥주 맛은 일품이다.

타로스는 500cc를 단숨에 들이켠 후 라몬에게 물었다.

"그대는 두렵지 않은가."

"그래야 합니까?"

"대사막은 모험가들에게 공포의 대명사일 터. 목숨을 걸어야 한다."

"폐하와 함께하는데 별일이라도 있으려고요."

"오호."

기사들의 눈동자가 커졌다.

하지만 그들 역시 반쯤은 포기했다.

처음에는 잠행으로 시작하였지만, 이제 황제의 행보가 곳곳에 소문이 나 있었다. 모르는 게 이상할 지경이다.

이리저리 난리가 난 상태였지만 타로스는 별로 신경 쓰지 않았다. 이미 구할 것은 다 구했기 때문이다.

"게다가 황실 기사단도 함께하고, 제후들께서도 가시는데 차라리 다른 의뢰보다 낫죠."

"똑똑하군."

"상계에서 살아남으려면 눈치가 빨라야 하거든요."

라몬은 이를 드러내며 웃었다.

홀로서기를 위하여 험한 일도 마다하지 않는 젊은이.

지금이야 가진 돈이 다 털려서 제국을 떠돌아다니고 있었지만 스토리가 중반까지만 흘러가도 그는 대상인으로 성장한다.

그때가 되어 제국 상단을 이끌라고 해 봤자 영입하기가 힘들다. 하지만 지금이라면 이야기가 달랐다.

"이번 의뢰는 반드시 수행되어야 한다. 그 이후에 네게는 두 가지 선택지가 주어지지."

"폐하의 선택지라니……. 벌써부터 기대가 되네요."

"하나는 1만 골드만 받고, 다시 대륙을 떠돌아다니는 것."

"두 번째는……."

"둘째는 제국 상단으로 들어오는 것."

"제가…… 제국 상단에 말입니까?"

"성과제이니 승진이 빠를 것이다. 더욱이 지금은 전쟁을 앞두고 있지. 좋은 경험이 될 터."

"으음."

라몬의 입에서 침음이 흘렀다.

지금의 상황에서 갑은 타로스였다.

라몬이 만약 전자를 선택하면 조금 아쉽지만 다른 인재

를 찾아서 영입하면 된다. 하지만 라몬에게 두 번 다신 없을 기회였다.

제국 상단을 운영한다?

곧 있으면 제국은 국토가 50%나 넓어진다. 그리고 전쟁은 끊이지 않을 것이다.

국토가 넓어지면 제국 상단의 규모도 확장된다. 어마어마한 자금이 오가는 것은 덤이다.

"한 번 생각해 보도록."

제안과 동시에 라몬은 생각에 잠겼다.

밤이 되자 기온이 급격하게 떨어졌다.

낮까지만 해도 숨이 턱턱 막힐 정도로 건조하고 더웠지만, 밤이 되자 공기는 빠르게 식었다.

이건 사막이 가지고 있는 특징이라고 봐야 한다.

공기는 더 좋아진 느낌이라 타로스는 여관의 정원을 산책하고 있었다.

"폐하."

그란달이 허리를 숙이며 다가왔다.

순간적으로 검을 뽑으려 하였던 레베카가 다시 검집에 검을 집어넣는다.

"무슨 일이냐."

"긴히 드릴 말씀이 있사옵니다."

"할 말이 있으면 하거라."

"다름이 아니라……. 이번 기회에 대사막을 토벌하였으면 하옵니다. 영지군을 동원하길 청하옵니다."

그란달 남작은 매우 진지한 얼굴이었다.

아까까지만 해도 간신배 같은 표정이더니, 이렇게 진중해졌다.

하긴, 귀족이 가면을 쓰는 것이야 흔한 일이다. 기분이 나쁠 이유도 없다.

그보다는 토벌에 대해 생각해 봤다.

"잠행이 아니라 공식적인 행차로 토벌을 원하는 것이로군."

"곧 전쟁이옵니다. 저는 1만의 병력으로 원정하는 것도 힘이 드옵니다. 폐하께서 은혜를 베풀어 주신다면 안심하고 전쟁을 수행할 수 있을 것 같습니다."

"일리가 있군."

라몬은 다시금 허리를 굽혔다.

어차피 가는 길에 모든 몬스터를 때려잡으려 했다. 다크 웜이고 뭐고 그냥 다 쓸어버리면 그뿐이다.

제후가 둘, 기사단장과 황실 기사단, 그리고 대마도사까지 함께하고 있었고, 최악이라고 해도 타로스가 나서면 해결된다.

영주라면 이런 기회를 놓치면 안 된다.

그란달은 황실에 충성하는 황제파 인물로, 국경을 맡은 만큼이나 신경을 써 주긴 해야 한다.

"짐의 잠행도 여기까지인 듯하구나."

"헤헤, 감사드립니다!"

"경은 영지로 돌아가 병력을 준비하라. 내일 오전까지 준비할 수 있겠느냐?"

"물론입지요. 그렇지 않아도 군사 훈련을 하고 있었죠."

"가라."

척!

그란달은 군례를 취했다.

타로스는 무심하게 고개를 끄덕였다.

다음 날 아침.

영지가 분주해지기 시작했다.

영지 내 군사들이 움직이며 물자를 실었고, 낙타를 준비하는 등 대사막 원정 준비를 했다.

영지민들은 아직 토벌 시즌도 아닌데 군대가 1만이나 출병을 하는지 이해할 수가 없었다.

그런 가운데 소문이 돌았다.

황제가 소수의 인원을 이끌고 입성하였다는 것.

드래곤을 죽이고 여러 마경의 네임드 보스들을 죽여 후

방을 든든하게 만들었다.

그런 황제가 대사막 최대의 골칫거리인 자이언트 스콜피온을 처리하기 위하여 방문한 것이다.

황제가 제국 내의 문제를 뿌리 뽑기 위해 잠행하고 있다는 사실이 널리 알려져 있는 상태였기에 그리 큰 충격은 없었다.

해가 뜰 무렵부터 영지민들이 밖으로 삼삼오오 나왔다.

병사들은 최후방에서 출발하여 대로를 가로지르고 있었고, 그 뒤에 화려한 백마를 탄 황제가 등장했다.

"황제 폐하이시다!"

"와아아아!"

황제를 본 백성들이 환호성을 내질렀다.

세제를 혁파하여 민심을 잡은 황제는 백성들에게 있어 더 이상 공포의 대상이 아니었다.

§ § §

황제의 뒤를 백성들이 따랐다.

이 진귀한 광경에 그란달은 혀를 내둘렀다.

얼마 전까지만 해도 태업을 일삼던 황제다.

수십만에 이르던 중앙군은 15만까지 축소되었고, 기사단도 겨우 3개만 남아서 명맥을 유지했다.

흉작만 들었다 하면 황제에 대한 원성이 자자하였는데, 세제 개혁을 단행하였다는 이유만으로 이렇게 인기가 높아지는 것을 그는 이해할 수가 없었다.

"휘유, 폐하의 인기가 대단하네요."

"쯧쯧, 그야 당연한 일 아닌가."

현자이자 대마도사로 불리는 그랑카인 후작이 혀를 찼다.

"어째서요?"

"백성들의 마음은 갈대와 같은 것이지. 얼마 전까지 폐하를 원망했다 하여도 지금은 살 만하지 않은가. 자신들의 바람이 이루어졌다고 여기는 탓이지."

"이해가 잘……."

"보게. 세제 개혁이 단행됐지. 그건 앞으로도 혜택을 볼 수 있다는 뜻이 아니겠는가?"

"오랜 염원이 이루어졌고, 앞으로도 세제가 꾸준히 유지된다면 인기가 떨어질 일이 없다는 뜻인가요?"

"이제야 머리가 좀 깨이는가? 게다가 폐하께서는 제국의 식량난을 해결하시고자 칼을 뽑았네. 인기가 없을 수 없지."

"헤헤, 그런 거였군요."

그제야 그란달은 인기의 이유를 깨달았다.

백성을 위하는 애민 정신이 직접 생활에 영향을 미치자

지지율이 높아진 것이다.

제후들이야 두려움 때문에 황제에게 대놓고 불만을 표시하지 못하였고, 황제는 그런 두려움을 이용한다.

실로 대단한 정치적인 수다.

영지를 빠져나가 1만의 병력이 사열했다.

나름 몬스터들과 혈투를 벌이던 병사들이었기에 타 영지의 병력보다 정예하다. 실전이 시도 때도 없이 벌어지니 그렇다.

저벅저벅.

"……."

황제는 천천히 성벽을 올랐다.

빛보다 빠르게 움직인다는 말을 들었는데, 저렇게 움직이는 것은 원래 황제의 성격 지체가 느긋하다는 뜻이었다.

성벽 위로 올라간 황제는 병사들과 백성들을 굽어보았다.

"지금까지 고생했다. 자이언트 스콜피온과 다크 웜들은 사라질 것이다."

"와아아아아!"

백성들은 물론이고 병사들까지 환호성을 내질렀다.

대사막의 공포는 자이언트 스콜피온과 다크 웜들 때문이다. 그 밖의 몬스터들은 그다지 큰 문제가 되지 않는다.

황제는 영지의 문제점을 뿌리 뽑아 버릴 것을 선언했다.

대사막으로 진군을 시작했다.

1만에 달하는 병력이 토벌을 시작하자 몬스터들이 대사막 중심부 쪽으로 사정없이 밀려났다.

그 이유에는 여러 가지 요인이 있겠지만 우선 마법사 전력이 압도적이었다.

영지의 마법사들도 있었지만, 대규모 웨이브마다 그랑카인 후작이 연계 마법으로 죄다 쓸어버리니 몬스터들이 버틸 수가 없었던 거다.

여기에 더하여 제후가 둘이나 참전했다.

란투스 자작이 활을 들면 웬만한 몬스터들이 죄다 죽어나갔고, 그란달도 레벨이 90이나 되었기에 직접 전선에서 검을 휘둘렀다.

3일을 진군하여 토벌지 경계 지역에 이르렀다.

다시금 이곳에서 웨이브급의 몬스터들과 마주하였는데 거대 전갈들을 그란달이 거침없이 쓸어버리고 있었다.

'제후는 제후인가.'

제후들 중에서는 최약체라지만 그 역시 괴물급의 인물이었다.

전투 자체를 즐기는 모습이 눈에 들어온다.

사막 지형을 미친 듯이 헤집으며 거대 전갈의 머리를 박살 내 놓았다.

병사들은 이런 전투가 익숙한지 방패로 공격을 막고 창을 내질러 몬스터의 급소를 단숨에 꿰뚫었다.

그러고 보니 병사들의 레벨도 다 영지보다 높았다.

라키우스 LV. 65
그란달 영지군 십인장

십인장급의 병사 레벨이 65다.

영지 기사들의 레벨은 평균 80으로, 조금만 더 높으면 황실 기사에 지원할 수 있는 수준이었다.

아무래도 이건 지속적인 토빌로 경험치를 획득했기 때문이라고 여겨진다.

"크하하하! 다 죽어라!"

쿠아아앙!

검강들이 이리저리 뿌려졌다.

미친 듯이 검을 휘두르던 그란달의 전투가 멈춘 것은 몬스터들이 죄다 물러났을 때였다.

그는 온몸이 거대 전갈의 체액으로 뒤덮인 채로 보고했다.

"폐하! 적들을 몰아냈습니다!"

"더 깊숙이 진군한다."

"예! 폐하의 명령이다! 진격의 나팔을 불어라!"

뿌우!

군대 전체가 자신감이 넘쳐흐른다.

이런 최악의 기후에서도 전투력을 발휘하는 걸 보니, 곧 있을 전쟁에서 큰 공을 세우지 않을까 하는 생각까지 드는 타로스였다.

거침없는 진격.

영지군은 일주일이나 미친 듯이 진격했다.

지금까지는 타로스가 직접 나설 필요가 없었다.

이 정도 전력이면 웬만한 영지는 죄다 쓸어버릴 수 있었고, 군사력이 약한 소국이라면 수도를 최단 시간 내에 함락시킬 수 있을 정도였다.

병사들의 말에 따르면 이것이 지금까지 진격한 거리 중 최장이라고 한다.

라몬의 안내를 받으며 진격하길 일주일 만에 척후병이 위협적인 보고를 해 왔다.

"폐하! 다크 울프 20마리가 빠르게 다가오고 있는 중입니다!"

"20마리가 확실한가?"

"예! 확실합니다!"

웅성웅성.

주변이 술렁거렸다.

다크 웜 20마리.

개체 하나하나의 레벨이 90에 이르렀고, 이는 그란달 남작과 같은 수준이다.

그란달이 일정 거리를 넘어서면 진격을 멈추었던 것도 이 다크 웜의 존재 때문이었다.

길이가 30미터에 달하는 놈들이 떼로 몰려다니면 아무리 병력이 많아도 무용지물이다. 도저히 승리할 수가 없었다.

"폐하! 퇴각해야 하옵니다!"

그란달 남작이 다급하게 말했다.

그러나 수뇌부 누구도 퇴각을 논하지는 않는다.

드래곤조차 죽여 버린 타로스가 다크 웜 20마리 정도에 당할 것이라 여기지는 않았기 때문이다.

그랑카인 후작이 그에게 호통을 쳤다.

"자네, 지금 뭐 하는 짓인가! 폐하께서는 드래곤조차 어찌할 수 없는 무적의 존재시네. 고작(?) 다크 웜 20마리에 당하실 것 같은가!"

"아니 그게……. 다크 웜은 하나하나가 제후급에 달하는 놈들이거든요. 그런 놈들이 20마리라면……."

날씨가 덥기도 했지만 긴장 때문인지 그란달의 이마에

서 땀이 주르륵 흘러 턱에 괴였다.

다크 웜은 대량 살상이 가능한 존재다.

거대한 덩치만큼이나 엄청난 먹성을 자랑하였고, 만약 병사들 사이로 파고들면 그야말로 군대 자체가 풍비박산이 난다.

군대를 잃은 제후는 그저 뜯어 먹기 좋은 먹잇감에 불과했다. 이러한 사실을 알기에 타로스는 그랑카인을 만류했다.

"그만해라. 제후의 입장에서 보면 결정이 쉽지 않은 일이지."

"하오나 이 무지한 녀석이……."

"그란달 남작은 여기서 군대를 잃으면 모든 것을 잃고 말지. 전쟁에 나설 밑천이니."

"제 생각이 짧았사옵니다."

그랑카인이 물러났다.

쿠구구구구!

그사이, 대지가 진동하고 있었다.

저 멀리 다크 웜이 모습을 보이고 있었는데, 가로 지름이 무려 3미터다. 길이는 30미터가 넘었다.

그런 괴물들이 떼를 지어 몰려오니 병사들의 사기는 크게 떨어지고 그란달은 더욱 위축되었다.

"모두 물러나라. 최대한 후방으로 물러나고 짐의 명령

을 기다리도록."

"황명을 받드옵니다!"

"다들 일정 거리를 벌려라!"

어차피 저런 속도로 달려온다면 지금 퇴각한다고 해도 어쩔 도리가 없었다. 오히려 각개 격파당하여 모조리 잡아먹히고 말 것이다.

그렇다면, 지금은 황제를 믿는 수밖에 없다.

타로스는 나름대로 계산을 했다.

'초공간 이동으로 헤집으며 사방으로 파워드 킬을 네 방 정도 뿌려야겠다.'

지금 타로스의 마력은 1,000.

파워드 킬 여섯 번과 앱솔루트 배리어 두 번을 사용할 수 있는 마력이다.

파워드 킬은 10m 내의 적을 모조리 분쇄하는 효과가 있었다.

그 말은 다크 웜이 아무리 길어도 닿기만 하면 온몸이 분해된다는 뜻이었다.

다행히 놈들은 촘촘하게 몇 덩어리를 이루어 오고 있었다. 정확하게만 뿌리면 한 번에 네 마리씩도 처리할 수 있었다.

혹시나 놈들이 다 죽지 않는다 해도 여분으로 두 방은 사용할 수 있었으니, 충분히 척살할 수 있을 거라는 계산이 나온다.

콰과과과!

천지가 뒤집히는 광경이었다.

타로스는 담담하게 서 있었으나 파도와 같이 밀려드는 괴물들의 모습에 조금은 위축되는 것을 느꼈다.

'가까이서 보니 장난이 아니로군.'

하지만 타로스는 뒤로 물러나지 않았다.

두려움은 불굴의 의지가 잡아 주고 있었다.

─꾸에에엑!

─끼에에엑!

지옥의 굼벵이들이 떼로 몰려드는 느낌.

사막의 모래들은 미친 듯이 요동쳤고, 한 지역 전체가 꿈틀거리며 무간지옥을 만들어 내고 있었다.

그리고 어느 순간, 타로스는 다크 웜들 사이로 뛰어 들어갔다.

황제가 다크 웜들에게 쇄도했다. 빛과 같은 속도로.

기사들이나 레벨이 높은 병사들도 제대로 볼 수가 없을 정도의 움직임이었다. 그나마 제후들은 황제의 움직임을 알아보았다.

그란달은 황제가 빛과 같이 움직이자 눈을 부릅떴다.

"지금 움직이신 건……."

"내 말하지 않았나. 폐하께서는 내가 쏜 화살을 쫓아갈 정도로 빠르시다."

"와, 이야기만 들었는데 직접 보니."

"어떤가?"

"황제께서는 황제이실 수밖에 없군요."

강함을 최고로 치는 제국에서 그란달의 평가는 극찬이었다.

인간의 머리로는 이해할 수 없는 빠름.

황제는 다크 웜들의 중심으로 이동하더니 동에 번쩍, 서에 번쩍, 오색의 찬연한 빛을 뿌렸다.

쿠아아아앙!

"……!"

순간 이동을 한 것처럼 산상만 남기며 이동한 황제는 몇 마리씩 다크 웜을 사냥하기 시작했다.

이어지는 경악스러운 장면.

수십 미터에 이르는 다크 웜들이 통째로 박살 나 터져 나갔다.

후둑. 후두두둑.

동시에 사막 위에 녹색의 피들이 떨어져 웅덩이를 이루었다가 모래 속으로 흡수되었다.

벌써 열 마리 이상이 터져서 고깃덩어리가 되었다.

말도 안 될 정도로 빠르게 다크 웜들이 정리되자 그란

달은 지금 꿈속에 와 있는 것이 아닌가 하는 생각을 했다.

"제가 지금 보고 있는 장면이 무엇입니까?"

"폐하의 행차이시지."

"아니, 인간에게는 한계가 있는 법인데, 저렇게……."

"허무한가?"

"그럼요. 지금까지 다크 웜을 두려워한 세월이 수십 년입니다. 그런데 저런 식으로 처리될 수 있다는 사실은 처음 알았습니다."

"폐하께서 움직이셔서 해결되지 않는 난제는 존재하지 않는다."

란투스의 심장이 거세게 뛰기 시작했다.

아니, 그 광경을 보고 있던 모든 사람들의 심장이 미친 듯이 뛰었다.

숨이 가빠 오고 눈이 충혈된다.

이건 저만큼 대단한 사람을 따르고 있다는 자부심이다.

도파민이 뇌에서 미친 듯이 분비되었다.

콰아아아앙!

결국 모든 다크 웜들은 육편 조각이 되어 떨어져 내렸다.

꽤 잔인한 장면이었지만, 죽음을 일상처럼 보고 살아온 군인들에게 있어서는 그 무엇보다 아름다운 광경이었다.

그 가운데 황제는 오연하게 서 있었다.

병사들이 무릎을 꿇고 군례를 올렸다.

"황제 폐하 만세!"

"황제 폐하께 영광을!"

§ § §

타로스의 심장도 뛰고 있었다.

실전에서 초공간 이동을 쓴 것은 이번이 처음이다.

어마어마한 덩치를 가진 놈들이 타로스를 집어삼키려 하였을 때, 순간적이지만 위압감을 느꼈다. 태어나서 그런 광경은 겪어 본 적이 없었으니까.

하지만 스킬의 영향 때문인지 마음은 차분해졌고 차례대로 파워드 킬을 뿌려 한 방에 정리했다.

아마도 타로스의 마력이 낮았다면 군대는 전멸을 당했을지도 모른다.

흥분은 빠르게 가라앉았다.

병사들은 광분하며 만세를 외쳐 대고 있었으며, 두 제후들도 마찬가지였다.

대마도사인 그랑카인 후작 역시 다소 흥분하고 있는 것으로 보아 타로스가 보인 힘은 확실하게 각인되었다.

저벅저벅.

그리고 천천히 타로스는 걸어왔다.

겨우 2업밖에 하지 못하였다고 한탄하면서.

'더욱 짜졌군.'

앞으로 레벨 업이 힘들어질 것이라고는 예상했었다. 그러나 이 정도까지일 줄은 몰랐다.

대사막의 네임드 보스인 자이언트 스콜피온을 잡는다고 해도 1업에서 2업 정도가 한계이지 않을까 싶다.

타로스는 이번에 얻은 보너스 스탯을 체력에 몰아넣었다.

"폐하……?"

그는 그랑카인 후작 앞에 섰다.

영지의 마법사들과 그랑카인의 시선이 황제에게 몰렸다.

"핵을 추출할 수 있겠느냐."

"그것이…… 해 보겠사옵니다."

황제의 명령에 마법사들은 다소 당혹스러운 표정을 지었다.

눈앞에 펼쳐진 광경은 매우 처참했다.

수십 미터가 넘는 괴물 20마리가 갈기갈기 찢겨 있었으니까. 일부의 핵은 완전히 파괴되었을 것이며, 일부의 핵은 모래 속으로 파묻히기도 했다.

그렇다고는 해도.

다크 웜의 핵이라면 고가에 거래될 것이 확실하다. 마

법사들이라면 실험에 사용할 수도 있었으며, 마도구를 제작하는데 쓰일 수도 있다.

잠시 진격은 멈추었고, 마법사들은 팔을 걷어붙였다.

군대의 보급은 넉넉했으므로 급하게 진격해야 할 이유가 없다. 그보다는 고가의 핵을 추출하는 편이 이익이었다.

사막에 어둠이 내렸다.

오후 내내 마법사들은 고대 유적을 발굴하듯 모래를 샅샅이 뒤졌고, 결국에는 10개의 핵을 발견할 수 있었다.

그중 4개는 반파, 2개는 중파, 4개만이 온전했다.

추산 가치는 대략 150만 골드.

웬만한 영지의 한 해 운영 자금이 500만에서 1,000만 골드인 것을 생각하면 어마어마한 가치라고 할 수 있었다.

마법사들의 발굴이 끝나는 시점에서 척후병이 돌아와 군대를 오아시스로 인도하였다.

발견된 오아시스는 사막 한가운데에 형성된 것이라고는 할 수 없을 정도의 크기였으며, 나름 대사막의 지리에 통달한 아몬은 대단한 발견이라며 호들갑을 떨었다.

"폐하께서는 새로운 실크 로드를 개척한 것이나 다름없습니다!"

"실크 로드라."

"저희 상인들 사이에서는 대사막을 가로지르는 길을 실크 로드라 하죠. 남부의 특산품이 비단이니까요."

대사막의 상행 로는 개척하기가 지극히 어렵다.

상행에 성공한다면 막대한 이익을 남길 수 있었으나, 실패한다면 모든 것을 잃는다.

대사막으로 상행을 나가는 행위는 목숨을 건 도박에 가까웠고, 수많은 상단들이 사막 위에서 목숨을 잃었다.

라몬이 속한 베이커스 가문에서 대사막의 지도를 제작하였지만 이 역시도 비교적 덜 위험한 지역만 표시되었을 뿐이라고 한다.

라몬이 말을 이었다.

"대사막의 문제라면 들끓는 몬스터들이겠지만, 역시 오아시스의 부족이 가장 큰 문제입니다. 생명과 직결된 문제이기 때문이죠. 몬스터들이야 마주치지 않을 수 있지만 오아시스가 없으면 말라 죽고 맙니다."

"몬스터도 물을 마시기 때문일 테지."

"정확한 분석이시군요."

"그나마 몇 개 있지도 않은 오아시스도 몬스터가 점령하였으니, 대사막을 횡단하는 행위는 가문의 사활까지 걸어야 하는 지독한 상행이었을 터."

"예, 맞습니다."

"남부 대륙과 교역을 하면 어떤 품목들을 거래하나?"

"비단과 향신료, 상아, 도자기, 금과 은 등입니다. 제국에서는 보석과 마법 스크롤, 마도구, 질 좋은 무구 등을 가져다가 팔죠. 실로 막대한 이문이 남는다고 들었사옵니다."

"남부 대륙의 문명 수준이 그다지 발달하지 않은 모양이군."

"문명 수준은 모르겠지만 군사학적으로는 꽤 뒤처진 것으로 보입니다."

타로스는 흥미로운 표정이었다.

원작에서 대륙 남부는 아예 등장하지 않는다.

가끔 상인들이 자신의 모든 것을 걸고 상행을 한다고만 설정하였을 뿐, 게임 내에서 중요한 스토리는 하나도 등장하지 않았다.

타로스가 황제가 아닌 게임 속의 플레이어였다면 결코 남부로 눈을 돌리는 일 따위는 일어나지 않았을 것이다.

황제이기에 관심을 갖는다.

"만약 짐이 대사막을 개발한다면 어찌 되겠나?"

"대, 대사막을 말씀입니까!?"

"그렇다."

"그, 그리된다면 개척 시대가 열릴 것으로 예상됩니다. 완전히 대사막이 정벌되고 오아시스를 따라 도시가 축조

된다면 상인들이 몰리고 순식간에 부를 쌓을 수 있을 겁니다. 그리고 추후 남부 대륙을 정벌할 수 있는 교두보가 되지 않을까요?"

"그래, 그렇지."

두 제후들과 기사들은 눈을 반짝였다.

대충 이야기만 들어도 부유한 지역이 대륙 남부였다. 그에 비하여 군사력은 미약하기 짝이 없다.

강철로 재련한 무구가 없어 극히 일부라도 제국에서 수입하여 쓰는 형편이었고, 마법은 아예 발달하지 않은 것 같다.

그렇다면.

제국의 칼날은 언젠가 대륙 남부로 향한다.

다만, 약간의 문제를 라몬이 지적했다.

"대사막을 개발하는 일은 그 인력도 인력이지만 막대한 자본이 투입되는 일이죠. 사막에 관도를 깔고 곳곳에 초소를 배치하며 순찰하여야 합니다. 대규모 몬스터 웨이브를 방어하기 위하여 군사 도시 성격을 가진 영지도 필요할 것이며, 최소한 5만 이상의 병력이 상시 주둔해야 할 것으로 생각됩니다."

"꽤나 통찰력이 있군."

"미천한 상인의 생각일 뿐입지요."

"그란달 남작."

"넵, 폐하!"

그란달이 호명 즉시 타로스의 눈앞에 부복하였다.

만약 대사막 개척 시대가 시작되면 가장 이익을 볼 자가 바로 그란달이었다.

대사막 최전선이며 전진 기지 성격의 도시들을 보유하고 있었으니, 막대한 물자가 그란달 영지를 타고 흐를 것이다.

그에 따른 이익은 측정 불가다.

"경이 알아봐라. 척후를 보내 토벌할 지역들을 선정하고, 자력으로 할 수 있다면 토벌하도록 하라."

"황명에 따르옵니다!"

"몇 년에 걸쳐 제국의 적들을 격파하고 흡수한 후 대사막으로 눈을 돌릴 것이니."

대략적인 계획이 이 자리에서 수립되었다.

제후들은 물론 모든 사람들이 진지하게 경청하였다.

황권은 강력해지는 중이었고, 전쟁이 끝나면 절정에 이를 것이다. 그렇다면 황제의 의지에 따라 대사막 개척이 시작될 것은 자명했다.

군주의 말에는 허언이 없음을 모두가 알고 있기에 사막에서 운치 있게 대화를 나누는 지금의 순간들이 미래에는 실현될 것임을 믿어 의심치 않았다.

대사막 위험지에 들어선 지 일주일.

그동안 1만의 군대는 수많은 몬스터들을 격파했다.

거대 개미굴을 청소하였고, 바실리스크의 둥지를 습격하여 박살을 냈다. 하피의 거주 구역에 쳐들어가 완전히 쓸어 내기도 했다.

1만의 군대가 쓰러지지 않고 버티고 있는 것은 워낙에 제후들과 기사들의 실력이 출중하기도 했지만, 사냥을 하여 나온 정수들과 부산물을 분배하겠다는 황제의 선언이 있었기 때문이다.

이번 원정에 참여한 병사들은 이대로 무사히 귀환하기만 해도 상당한 돈을 만질 수 있을 것이다.

대사막을 돌아다니다 보니 모르던 정보들을 알게 된 것도 큰 이익이었다.

생각보다 대사막에는 오아시스들이 많았다.

신기하게도 숲이 조성되다가 만 곳도 있었고, 그 주변에 야생 동물들이 살기도 했다. 식량을 최대한 아끼면서 자급자족을 하였기에 아직까지는 무리 없이 버티고 있었다.

다시 일주일이 흐르고 나서야 대사막 중심부로 추정되는 곳에 도착했다.

사방이 모래 언덕으로 둘러싸인 곳에 형성되어 있는 분지.

분지에는 숲이 형성되어 있었으며, 땅은 꽤나 비옥해 보였다.

호수라고 봐도 무방할 정도의 거대한 오아시스가 중앙에 자리 잡고 있었고, 대사막과는 다르게 선선한 바람까지 불었다.

언덕 위에서 분지를 내려다보던 라몬은 흥분을 감추지 못했다.

"저깁니다! 분명합니다."

"자이언트 스콜피온이 서식하는 곳이 맞나?"

"오래전 문명이 있었던 모양입니다. 저 거대한 피라미드를 보십시오."

타로스의 눈이 피라미드로 돌아간다.

뜬금없이 대사막 중심부에 피라미드가 있다?

이런 비옥한 땅이 대사막 중심에 있는 것도 도저히 이해할 수가 없는 일이었다. 이곳에서 유일하게 타로스만 이해했다.

'내가 설정하기는 했지만 신비롭기는 하군.'

이는 자연적인 법칙을 무시하는 지형이었다.

오직 설정에 의해서만 가능하다.

창조주인 기획자가 애초에 기획을 그리하였기에 이곳에 거대한 오아시스와 숲, 비교적 선선한 기후가 존재할 수 있었다.

이집트 문명 비슷한 유적지들까지.

심지어 스핑크스가 존재한다는 것은 이 지역이 그저 타로스의 입맛에 따라 기획된 곳이라는 사실을 알 수 있었다.

'그렇다면 이제 곧 자이언트 스콜피온이 모습을 드러내겠는데.'

네임드 보스들은 마력에 반응한다.

적이라고 생각되는 모험가들이 등장하기만 해도 미리 나와서 대기하는 성향을 보인다.

지금처럼 말이다.

쿵! 쿠구구궁!

약간 진동이 일어나며 모래 언덕이 이리저리 흔들렸다.

거대한 피라미드에서 상상도 못 할 정도의 덩치를 가진 자이언트 스콜피온이 모습을 드러냈다.

그 키가 족히 30미터는 되었고, 몸체의 길이는 50미터가 넘었다.

하늘로 치솟은 꼬리에서는 뇌전이 흐르고 있었으며, 인간의 몸체와 전갈의 몸통을 가졌다.

양손에는 삼지창을 쥐었을 뿐만 아니라 천 마리 이상의 거대 전갈들이 모습을 드러내 우글거렸다.

타로스는 놈의 레벨을 확인했다.

자이언트 스콜피온 LV. 98
대사막의 왕

아주 짧고 강렬한 설명이다.

놈은 대사막의 왕으로 군림하며 지금까지 단 한 번도 정벌된 적이 없었다.

설정상으로는 이곳의 문명이 자이언트 스콜피온 때문에 멸망하였고, 수천 년을 살아오며 힘을 축적해 왔다.

병사들은 물론이고 모든 사람들이 자이언트 스콜피온을 바라보며 압도되었다.

"뭐 저런 괴물이……."

제후들은 혀를 내둘렀다.

란투스 자작이나 그란달 남작이나 도대체 어떻게 처리해야 하는지 감이 잡히지 않았다.

그러나 기사단장이나 기사들은 크게 걱정하지 않았다.

"드래곤에 비한다면 어린애나 다름없군요."

"……!"

로빈슨의 말에 제후들은 눈을 크게 떴다.

그러고 보니 황제는 드래곤을 죽였다.

그것도 현신을 한 상태로 완전히 박살 내 오체를 분시해 버렸다.

그런 황제라면, 틀림없이 죽일 수 있다.

타로스는 무미건조하게 말했다.

"저 녀석만 처리하면 비단길이 열린다는 말이군."

§ § §

고대 유적지 피라미드 근처에서 서식하고 있던 몬스터들이 모여들고 있었다. 그 숫자는 점차적으로 불어나 이제는 2천 마리에 다다르고 있었다.

이에 타로스는 무턱대고 쳐들어가는 것은 여러 가지 문제를 발생시킨다고 봤다.

즉석에서 근처 지도가 제작되었다.

레인저 출신의 척후병을 풀어 상세 군사 지도가 만들어졌고, 수뇌부는 이를 가지고 작전 회의를 했다.

좌륵!

지휘부 막사 안에서 타로스는 상세 지도를 폈다.

"거대한 분지의 형태이며, 출구는 두 개다. 깎아지른 절벽이 사방을 둘러싸고 있다. 외부에서 내부를 공격하기에는 꽤나 쉽게 되어 있구나."

"점령하고 나면 절벽에 축조하여야 도시의 기능을 할 것 같사옵니다."

"경이 정확하게 보았다."

란투스 자작은 이런 식으로 성벽을 축조한 경험들이 많

앉다.

그의 영지는 광산 도시였으며, 일부는 노천 광산도 존재한다.

광산을 외부의 위협으로부터 보호하기 위해서는 해당 도시의 문제점을 정확하게 파악하는 것이 중요하였다.

아직 점령조차 하지 않았지만, 사람들은 점령 이후를 고려하고 있었다.

"피라미드는 추후 손을 보아 영주성이나 내성으로 활용할 수 있을 것 같사옵니다. 또한 버려진 성터들이 다수 존재하니, 재건은 어려운 일이 아닌 줄 아옵니다."

"최대한 성터나 건물들에 타격을 주지 않는 방향으로 적들을 상대하되, 전멸시키는 것이 중요하다."

정벌이 문제가 아니다.

타로스는 근처 몬스터가 모두 도착하기를 기다리고 있는 중이다. 그리고 한 번에 쓸어버리기로 작정했다.

외부 성터가 무너져 있는 이상 바깥에서 내부를 공격하기에는 그리 어려운 일이 아니다.

그렇다면.

모조리 척살한다.

그래야만 그란달 남작의 부담이 덜어질 것이며, 추후 막대한 자금을 투입하여 도시를 재건할 때에도 안전을 보장받을 수 있었다.

출입구는 두 개.

몬스터들이 절벽을 타고 올라가는 것을 방지하기 위하여 병력을 효율적으로 배치한다.

타로스는 나무를 깎아 만든 말들을 배치시켰다.

"로빈슨 단장."

"예, 폐하."

"경이 제1군을 이끌고 동쪽 출구를 막는다. 황실 기사단 30명 중 15명과 남작령의 기사 50명, 병력 2천으로 철저하게 막아라."

"존명!"

"그란달 남작."

"넵, 폐하!"

"경은 황실 기사단 10명과 영지의 기사 30명, 그리고 병력 1천으로 동쪽 입구를 막아라. 할 수 있겠나?"

"맡겨만 주시면 무조건 막겠습니다!"

남작에게 이 정도 병력만 준 것은 서쪽보다 동쪽의 입구가 좁았기 때문이다.

다만, 이리되면 병목 현상이 일어날 수 있었으므로 동쪽 절벽 위에 다수의 궁병을 배치하기로 하였다.

그리고 6천의 병력을 남은 기사들이 지휘하여 분지를 포위한다. 분명히 절벽을 타고 올라오는 몬스터들이 있을 것 같다는 판단에서다.

"그랑카인 후작."

"하명하십시오."

"경은 마법사단으로 연환계 마법을 사용, 중앙을 타격한다. 단, 그것은 짐이 자이언트 스콜피온을 죽이고 난 이후가 되어야 한다."

"폐하께서 빠져나오실 시간은 어느 정도로 계산해야 하겠습니까?"

"바로 사용해라."

"가, 가능하시겠사옵니까?"

"짐은 죽지 않는다."

"크흠……. 알겠사옵니다."

모두에게 명령을 하달하였고 이제 실행만 남았다.

아직 해가 중천에 떠 있는 시각.

지금도 사막의 몬스터들이 모여들고 있었기에 적들이 완전히 전투 준비를 마친 후에 쳐들어갈 것이다.

몇 시간 정도는 여유가 있었기에 병사들에게는 간편식을 나누어 주고 전투를 준비하라 명령을 내렸다.

쉬쉬쉬식!

키륙! 키루루룩!

절벽 위의 위장 막사.

척후병은 전진 배치되었고, 간간이 기사들이 순찰을 했다.

모래에 반쯤 파묻혀 있는 막사는 누가 봐도 위장 색을 띠고 있었다. 멀리서 이것을 확인하는 건 불가능했다.

제1 척후 조장 월리스는 침을 꼴깍 삼키며 분지를 주시하고 있었다.

어느덧 몬스터의 숫자는 2천이 넘어갔고, 무려 3천을 헤아리고 있는 중이다. 사막의 몬스터들이 죄다 몰려드는 모양새다.

그 종류도 가지각색이었다.

거대 스콜피온은 물론이고 거대 개미, 하피, 바실리스크, 맹독사, 리자드맨까지.

이 정도면 대규모 토벌을 넘어서는 수준이었다.

"조장님, 저거 토벌이 가능이나 하겠습니까?"

"당연하지."

"병력이 너무 모자란 것 같은데요?"

보통 1만의 병력이 동원되면 수백에서 천 마리 정도의 몬스터를 각개 격파한다.

이건 지금까지 바뀌지 않은 대원칙이다. 그러나 황제는 몬스터를 차곡차곡 모아 단숨에 쓸어버리겠다고 천명했다.

월리스는 일주일 전, 황제가 다크 웜을 쓸어버렸던 기억을 떠올렸다.

"폐하께서 계시지 않았다면 불가능한 작전이지."

"드래곤을 단번에 쓸어버리셨다는 소문이 있던데."

"황실 기사님들이 이야기를 했지. 드래곤 브레스를 막은 후에 단숨에 조각내 버리셨다고."

"인간이 가능한 일이기는 합니까?"

"대륙 최강자이시고, 300년이나 수련을 하셨는데 가능하지."

황제가 요즘 들어 선정을 베풀다 보니 일반 병사들도 황제를 지지하게 되었다.

얼마 전까지만 해도 황제가 방탕에 빠져 산다느니, 매일 처녀들을 잡아 고문을 한다느니 하는 소문이 돌았지만, 인식이 개선되자 그 시간 동안 제국의 위협을 몰아내기 위하여 수련을 쌓았다는 소문이 돌았다.

이는 드래곤을 격파해 버린 이후에 만들어진 소문이다.

일반적으로 제국에 위협이 되는 드래곤을 개인이 죽이는 것은 불가능한 일이다. 그것도 단숨에 피해 없이 죽이려면 얼마나 수련을 쌓아야 하는지 알 수 없었다.

그런데 황제는 그 일을 해냈다.

제국의 인구가 반 토막이 날 것을 우려한 황제가 모든 시선을 무시한 채 수련을 쌓았고, 이제 움직이기 시작했다는 것이 정론이다.

그런 황제라면.

윌리스의 눈이 빛났다.

"작전은 절대 실패하지 않아."

그들은 영지군이었지만 황제에 대한 확신을 갖게 되었다.

오직 황제가 움직이는 것은 제국의 위협을 사전에 차단하기 위한 것이라고 믿었다.

타로스는 결코 여유를 잃지 않았다.

그에게 있어서는 타깃이 작은 것이 문제였지, 저렇게 무식하게 덩치가 큰 놈은 문제가 되지 않았다.

타깃이 크다는 것은 대충 때려도 박살 낼 수 있다는 뜻이다. 10미터 내로만 접근하면 드래곤이나 다크 윔이 그랬던 것처럼 터져 죽을 것이 뻔했다.

무엇보다 타로스에게는 초공간 이동이 있었다.

빛과 같은 속도로 움직일 수 있기에 순식간에 사막의 왕에게 접근할 수 있을 것이며, 손쉽게 터뜨릴 수 있다고 여겼다.

그 이후 마법이 떨어진다.

마법이 떨어지는 데까지 시간이 꽤 걸릴 것이니 그 안에 빠져나오면 된다. 그리고 분지를 빠져나가려 하는 몬스터들을 쓸어 낸다.

작전이 성공한다면.

추후 대사막은 개발될 것이고, 남부 대륙과 교역을 시

작하며 종국에는 남부 대륙 정벌의 전초 기지로 삼을 수 있다.

타로스의 입장에서는 미지의 땅을 탐사하는 것이었으나 분명 풍부한 산물이 존재하는 땅이라고 설정하였으니, 막대한 부를 끌어올 수 있을 것이다.

"폐하."

비스듬하게 누워 생각에 잠겨 있는 타로스에게 로빈슨 단장이 보고를 해 왔다.

"말하라."

"몬스터들의 이동이 끝났사옵니다."

"숫자는?"

"대략 3천으로 추산되옵니다."

"전투를 준비하라."

"존명!"

운명의 시간이다.

더 이상 몬스터의 이동이 없는 것으로 보아 사막 중부에 서식하고 있던 놈들은 죄다 자이언트 스콜피온의 곁으로 간 것 같았다.

1만의 병력이 도열하였으며 그들의 사이를 타로스가 걸었다.

"……."

타로스가 지나가는 길마다 병사들이 조용히 군례를 올렸다.

아직 작전 전이었기에 소음에 신경을 쓸 필요가 있었다.

휘이이잉.

모래바람이 한차례 불었으나 병사들은 몸을 빳빳하게 세운 채로 움직이지 않았다.

기사들도, 제후들도 마찬가지다.

타로스는 주변을 쭉 한 번 훑어봤다.

"제군들의 주머니는 두둑해질 것이다. 적들을 모조리 주살하게 된다면 그란달 영지에도 도움이 되는 일이니 최선을 다하라."

척!

1만의 병력이 일치단결하여 왼쪽 가슴을 때리는 모습을 보였다.

그들의 행동에는 진심이 담겨 있었다. 황제와 대사막을 정벌하는 대역사를 함께 이루었다는 자부심이다.

"각 지휘관들은 부대를 은밀하게 지휘하여 해당 구역으로 간다. 마법사들은 바로 연환계 마법을 준비할 것이며, 모든 준비가 완료되는 순간 짐이 사막의 왕을 처리한다."

이미 작전은 미리 하달했다.

브리핑도 몇 시간이나 진행하여 병사들이 숙지할 수 있

게 하였다.

몬스터가 수천이나 되다 보니 군사 작전이 됐다.

오늘의 전투를 통하여 타로스는 병사들의 실질적인 전투력을 눈에 담을 작정이었다. 전쟁이 터지고 나면 혼자서 모든 적들을 쓸어버릴 수는 없을 테니까.

스륵. 스르륵.

명령을 받은 병력이 은밀하게 움직이기 시작하였다.

각자의 구역에서 약간 떨어진 곳에 자리 잡는다. 아직까지 절벽 위로 모습을 드러내지는 않았다. 전투는 신호가 온 후에 시작된다.

타로스는 초감각을 일으켜 각 병력이 제대로 자리를 잡았는지 보았다.

작전대로 모든 병력들은 자신들의 자리에서 대기 중이다.

"신호해라."

"존명!"

뿌우~!

호각 소리가 길게 울려 퍼졌다.

ㅡ감히 인간들이 신성한 땅에 발을 들이는가!

자이언트 스콜피온이 인간들의 기척을 감지하고 외쳤다.

피어가 섞여 있었으나 병사들은 굳건하게 창검을 잡고

자신들의 자리를 지켰다.

타로스가 놈을 죽여 버릴 것이라는 사실을 알기에 지나친 긴장감은 없어 보였다.

쐐애액!

타로스는 가타부타 말도 없이 빠르게 절벽을 타고 내려가 자이언트 스콜피온에게 쇄도하였다.

이동하는데 걸린 시간은 불과 3초.

빛과 같이 이동하기에 그의 몸은 마치 마력을 머금은 화살 같았다.

"와아아아!"

병사들은 환호성을 내질렀다.

기사들을 제외하면 타로스의 움직임은 그저 한줄기 빛으로 보였다. 그리고 바로 자이언트 스콜피온의 머리 위에 나타난 것이다.

타로스는 착지한 후에 앱솔루트 배리어를 쳤다.

예상대로 온갖 공격들이 쏟아졌다.

놈의 머리 위에서 바로 파워드 킬을 사용할 수도 있었지만, 각이 나오지 않아 먼저 착지를 하고 본 것이다.

뇌전과 화염, 석화 마법이 동시에 퍼부어졌으며, 거대한 삼지창이 타로스의 머리 위로 떨어졌다.

콰아아앙!

콰르르르릉!

어마어마한 공격이었다.

도저히 피할 틈도 없어 보였다.

타로스는 놈이 공격하는 모습을 초감각을 발현하여 느리게 보았는데, 한 치의 틈이 없을 정도로 쏟아붓고 있었다.

갖은 공격을 쏟아 내더니 놈은 거대한 꼬리의 끝으로 타로스를 찍어 내렸다.

콰아아앙!

후두두둑!

거대한 충격파가 사방으로 번졌고, 그 주변에 존재하던 몬스터들은 죄다 흔적도 없이 사라졌다.

꽈드득!

놈의 꼬리가 제풀에 꺾였다. 어마어마한 힘으로 반파가 되고 만 것이다.

타로스가 자이언트 스콜피온을 바라보며 피식 웃었다.

"사막의 왕? 병신이 따로 없구나."

§ § §

역사에 길이 남을 전투가 진행되고 있는 현장.

절벽 위에서 전투를 준비하고 있던 레베카와 병사들은 그 광경을 눈에 담으며 몸을 떨었다.

분명히 자이언트 스콜피온의 공격은 일개 인간이 막을 수가 없는 것이었다.

제국에서 황제를 제외하면 저런 괴물을 상대할 수 있는 사람이 존재하기는 할까.

그녀는 고개를 흔들었다.

아마 불가능할 것이다.

"레베카 기사님?"

"응?"

"곧 전투가 시작됩니다."

십인장 계급을 달고 있는 여병사가 그녀의 주의를 일깨워 주었다.

도저히 병사를 하고 있을 얼굴선이 아니다. 그럼에도 불구하고 병사의 눈에는 힘이 들어가 있었고, 이는 타국과 다른 가장 큰 차이점이라 할 것이다.

황제부터 시작해서 일개 병사에 이르기까지.

제국은 절대 평범하지 않다는 것을 다시금 깨닫는다.

제국은 남녀평등이 기저에 깔린 사회를 구현했다.

능력만 있다면 누구라도 고위층 인사가 될 수 있었다. 다만, 제국에서 능력이란 무력을 말하는 것이었으므로 귀족이 되고자 한다면 검을 잡는 것보다는 마법봉을 잡는 것이 더 나을 뿐이다.

물론 마법사가 되는 것도 쉬운 길은 아니었기에 이 순

간에도 수많은 여병사들이 기사가 되기 위해 노력을 기울이고 있었다.

레베카를 수행하는 병사도 그런 부류 중 하나였다.

"제군은 어떻게 보나?"

"예?"

"몇 번을 보아도 불가능한 일을 수행하시는 폐하이시다."

"……놀라운 일이죠. 지금까지 수련을 하고 있었음이 틀림없으십니다. 어떤 소리가 들려와도 수련에 집중할 수 있다는 것은 폐하의 정신력이 범인을 뛰어넘었다는 뜻이 아닐까요?"

"그래, 그럴 테지."

사실, 5년 동안 그녀가 본 황제는 나태의 표본이었다.

모든 일을 귀찮아했고 심지어는 하고 싶은 일도 없는 듯이 보였다.

그러나 어느 순간 각성하고 천년 제국을 선언했다.

전쟁을 통하여 평화를 실현하겠다는 것이다.

다른 사람이 그런 발언을 했다면 비웃었겠지만, 대륙 최강자의 뜻이었기에 숭고하게 비쳐졌다.

꽈직!

잠깐 한눈을 파는 사이, 공격을 퍼붓고 있던 자이언트 스콜피온의 꼬리가 박살 났다.

한눈에 봐도 자이언트 스콜피온의 표정은 당혹스러워 보였다.

그리고 어느 순간.

쿠아아아앙!

모든 사람들의 눈길을 사로잡는 화려한 원소 폭발이 사방을 휩쓸었다.

보는 이들의 눈길을 사로잡는 찬연한 폭발.

"몇 번을 보아도 질리지 않는데."

후두두둑!

분해된 자이언트 스콜피온의 잔해가 떨어지기 시작했다.

네임드 보스가 죽은 것을 확인하자 마법사들은 타로스의 명령을 충실하게 수행했다.

절벽 위에서 어마어마한 마력의 파동이 느껴졌다.

초감각을 발현하니 마력이 마법진을 중심으로 요동치는 것이 보였다. 마나는 세상의 근원이었으며 마력을 다루는 자들의 눈에는 푸르게 보인다.

푸른빛은 회오리치며 마법진으로 빨려 들어가 발광하였고, 그 막대한 마력을 그랑카인 후작이 인도하였다.

마나가 성형되는 과정이 보였다.

그랑카인은 뇌전의 원소를 극대화시켜 가공하였으며,

체인 라이트닝을 형성하였다.

빠지지직!

하늘을 뒤덮는 뇌전.

타로스에게는 마력의 여유가 있었으므로 앱솔루트 배리어를 치고 그 광경을 두 눈에 담았다.

콰르르르르릉!

하늘을 보니 거미줄이 떨어지는 형상이었다.

새하얀 뇌전의 기운이 천지를 뒤덮으며 작렬하였고, 몰려 있던 몬스터들은 강렬한 전압에 의하여 몸이 터져 나갔다.

그 이후 2차로 마력이 모이기 시작했다.

"폐하!"

배리어가 사라지자 그랑카인 후작의 목소리가 황제의 귓가에 닿았다.

팟!

타로스는 초공간 이동을 사용하여 순식간에 현장을 빠져나갔다.

그랑카인의 곁이었다.

노마법사는 도저히 믿을 수가 없다는 얼굴이다. 인간이라면 이렇게 빨리 돌아올 수 없었기에.

"집중하라."

"존명!"

이번에는 그나마 남아 있는 놈들을 청소하기 위하여 파이어 스톰을 캐스팅한다.

최대한 유적지를 피하여, 그리고 놈들이 적절하게 모여 있는 곳으로 연환계 마법을 쏘았다.

콰과과광!

화려한 폭발과 함께 화염 폭풍이 일어났다.

회오리바람이 화염을 머금고 요동쳤으며, 그 안으로 몬스터들이 빨려 들어가 타 죽기 시작하였다.

이쯤 되자 몬스터들이 발광을 하며 빠져나가기 위하여 움직였다.

그러나 몬스터들은 입구와 출구를 꽉 틀어막고 있는 기사와 병사들에 의해 척살 당했다.

인간들의 전쟁에서도 좁은 입구를 막아서면 족히 3배 이상의 병력은 막아 낼 수 있었다. 심지어 몬스터임에야 손쉬운 사냥감일 뿐이다.

이 멍청한 놈들은 입구와 출구로 몰려가면서 병목 현상을 일으켰고, 서로를 밟고 올라서며 발광했다.

그 위로 마법사들이 자유 공격을 시작했다.

궁병들은 화살을 쐈고, 미리 준비한 기름을 붓고 불을 질렀다.

화르르륵!

-끼에에에엑!

비명이 메아리쳤다.

일부 몬스터들이 절벽 위로 기어올라 왔으나 그곳마저 살길은 아니었다.

병사들이 창을 꼬나 쥐고 그대로 찍어 내렸다.

퍽퍽!

푸확!

체액이 튀었다.

이 완벽한 조화로움에 병사들의 사기도 충천하였다.

황제께서 전리품 분배를 약속하였기에 목숨을 걸었다.

일개 군주도 아닌 황제가 직접 천명한 일이라면 제국이 멸망하기 전에는 반드시 이루어진다.

"한 마리라도 더 죽여라!"

"와아아아!"

전세는 완전히 이쪽으로 기울었다.

타로스는 준비된 의자에 앉아 감상을 시작하였다.

태양이 모래 언덕 끝에 걸릴 무렵.

고대 유적지의 옛 성터에는 몬스터의 사체가 즐비했다.

단 한 마리도 이곳에서 살아서 나가지 못했다.

마지막 한 마리가 죽어 나갔을 때, 병사들은 승리의 함성을 질렀다.

"폐하! 보고 드립니다!"

각 부대의 장들이 피해 상황을 보고했다.

사망 56명에 부상자 400명가량.

이 정도면 대승이다.

군대는 다시 도열하기 시작했다.

타로스는 퍼포먼스를 위해서라도 죽어 간 장병들을 위하여 간단하게 의식을 치른 후 묻었다.

그들을 데리고 대사막을 빠져나가기에는 무리가 있었기에 화장을 하고 양지 바른 곳에 묘비를 세울 수밖에 없었다.

이 정도면 대략적인 사후 처리는 끝났다.

널브러져 있는 몬스터들을 정리하는 일이 남았지만, 곧 해가 떨어질 것이었으므로 이곳에서 하루 야영을 하고 내일 정리하기로 결정했다.

다만 타로스가 할 일은 아직 끝나지 않았다.

그는 이곳에 온 목적을 이루어야 했다.

거대한 피라미드 앞.

지구에서의 피라미드는 얼마 전까지만 해도 세계 7대 불가사의로 불리며, 도대체 어떤 식으로 축조하였는지, 그 역할이 정확하게 무엇이었는지 밝히지 못하였다.

그러나 최근 연구 결과에 따르면 피라미드는 막대한 양의 전하를 응집시키는 역할을 했다고 한다.

즉, 그 시대부터 전기를 사용하였다는 것.

이는 과학자들이 밝혀 낸 사실이었지만, 기획 당시에는 그저 미스터리한 건축물로 설정을 했었다. 아마 건물 내부의 구조는 실제 피라미드에 비하여 단순할 것이다.

타로스는 피라미드 앞에 기사들을 세웠다.

"이곳을 지켜라."

"존명!"

항명은 용납되지 않는다.

황제의 명령에 의문을 갖는 것은 허락되지 않았기에 기사들과 수뇌들은 그저 피라미드 앞에서 접근을 막았다.

화르륵.

타로스는 횃불에 불을 붙이고 전진했다.

다소 음침해 보이기까지 하는 복도를 지나 거대한 공동에 이르렀다.

이곳은 마력으로 유지되는 공간이다.

실제로는 피라미드가 전기를 응집시키는 역할을 했겠지만, 타로스의 설정은 이곳이 마나를 응집시킨다는 점이었다.

응집된 마력은 수천 년간 거대한 피라미드를 지탱하였다.

마력이 일렁거리며 빛을 스스로 만들어 낸다. 어떠한 캐스팅도 없이 마나의 충돌로 일어난 현상이다.

피라미드 안에는 관들이 안치되어 있었다. 타로스의 기

억이 맞는다면 관 안에는 고대 문명의 왕들이 미라 형태로 잠들어 있을 것이다.

한쪽에는 보물들도 쌓여 있었는데, 대부분이 금 세공품이다.

마법서는 제1대 국왕으로 보이는 미라의 무덤 안에 들어 있었다.

황금의 가면을 쓴 미라가 마법서를 쥐고 있었다.

스모크

최대 10m의 공간을 도약한다.

MP 소모: 30

다소 아쉬운 점이 있다면 스모크라고 불리는 블랭크는 패시브 스킬이 아니라는 것이다.

마력도 30이나 소모되었기에 무제한으로 펼칠 수 있는 것은 아니다.

그렇다고는 해도.

초감각과 초공간 이동, 스모크를 조합하여 사용하면 결코 이길 수 없는 적에게 도망칠 수 있다. 최소한 목숨은 확보할 수 있는 것이다.

타로스가 알기로 드래곤보다 강한 존재는 대륙에 존재하지 않았으므로 제국 내에서 실각할 우려는 거의 사라졌다고 볼 수 있었다.

화르르륵!

마법서를 태우자 특유의 마나가 흘러나와 타로스의 머리로 스며들었다.

그 순간, 어떻게 스킬을 사용해야 하는지 깨달았다. 또한 그 응용 방법에 대해서도 바다와 같은 지식이 밀려들었다.

이로써 대사막에 온 첫 번째 목적은 달성했다.

타로스는 피라미드를 나왔다.

"폐하."

입구를 지키던 기사들과 제후들, 그리고 마법사들이 허리를 굽혔다.

"이곳 피라미드는 고대 왕들의 무덤이었다. 꽤 진귀한 물건들이 많으니 경들이 쓸어 담도록 해라."

"존명!"

물건 대부분은 황가에 귀속되고, 일부가 제후들에게 분배될 테지만 이들에게 있어 그건 상관없는 문제로 보였다.

고대 왕가의 무덤에는 어떤 물건들이 들어 있을 것인가.

호기심을 가득 안은 존재들이 피라미드를 탐사하기 시작했다.

다음 날 아침.

어제 미루어 두었던 사후 처리가 시작됐다.

유적 탐사대는 어제 새벽까지 피라미드를 샅샅이 뒤졌고, 각종 유물들을 긁어냈다. 여기서 유물이라는 건 마법이 걸린 아이템을 의미하는 게 아니다.

그저 역사적인 사료가 담긴 옛 문명의 잔재들이다.

고대 문명에는 마법과 신학이 배제되어 있었는지 그에 대한 기록은 없었지만, 과학은 제법 발달했던 사회다.

특히나 도형량과 전기에 대해 연구한 자료들, 그리고 각종 건축법에 대하여 기술한 고서적들이 다수 출토됐다.

이 자료들은 제국의 학자들이 심도 있게 연구하여 실용화할 수 있는 방법이 있는지 알아보게 될 것이다.

몬스터의 부산물들은 빠르게 정리하여 정수와 가죽 등을 추출하였고, 나머지 필요 없는 것들은 화장시켜 버렸다.

이제 대사막의 중심을 토벌함으로써 중대한 고비는 넘겼다.

앞으로 지속적으로 군대를 보내 토벌을 하고, 전쟁이 끝나면 본격적으로 대사막을 개발할 수 있는 토대가 될 것이다.

타로스는 수뇌부를 모아 다음 계획을 발표했다.

"12월까지는 대사막을 돌아다니며 몬스터를 토벌한다."

그들은 고개를 끄덕였다.

앞으로 대사막을 개발하지 않을 생각이면 모르겠지만, 목표가 확실해졌으니 최대한 오아시스 쪽의 몬스터들은 토벌해야 한다.

대사막에는 실크 로드를 따라 도시들이 건설될 것이다.

종국에는 대륙 남부를 정벌할 근거지로 삼는다.

이런 웅대한 계획에 제후들은 벌써부터 관심을 기울였다. 남부 정벌에 동원될 수 있다면 거기서 분배받는 전리품이 막대할 것이기 때문이다.

타로스도 1월에는 환궁해서 정무를 보아야 했기에 기간을 못 박고는 사막을 돌아다니기 시작했다.

정확하게는 두 번째 목적을 이루기 위함이었으며, 최대한 척후를 멀리 보내 호루루 부족이 있는 곳을 파악하려 애썼다.

그리고 12월 중순 무렵.

호루루 부족이 제 발로 찾아왔다.

제2장
호루루 부족

척후병들에 의하여 호루루 부족이 탐지된 것은 한창 개미굴을 소탕하고 있을 무렵이었다.

몬스터들의 굴을 소탕할 때에는 항상 그에 맞는 작전을 짰고, 완벽하게 박멸하는 것을 목표로 하였다.

시간은 좀 걸리더라도 놈들이 빠져나가지 못하게 해야 추후 대사막을 관리하기가 편했다. 근원을 없애 버리는 것이다.

대사막에는 생각보다 많은 몬스터 부족들이 서식하고 있었다.

중앙의 고대 유적지처럼 초지가 형성된 곳도 있었고, 바위가 산을 이루는 곳에 굴을 파고 서식하는 놈들도 있었다.

대사막에 들어온 지 한 달이 흘렀으며, 두 번이나 남작령으로부터 보급을 받아야 했다.

그 과정에서 타로스는 약속대로 몬스터들의 부산물을 처리하여 병사들에게 지급하였다.

어차피 그란달 영지의 병사들은 토벌에 동원되는 존재들이었는데, 제법 두둑하게 보상금까지 받으니 원정을 하지 않을 이유가 없었다.

그리고 며칠 전, 말을 탄 기마 전사들이 따라붙었다는 소식을 들었다.

타로스도 그들이 타고 다니는 말들을 한 번 본 적이 있었는데, 사막의 기후에 적합하도록 말발굽이 넓었다.

다리도 두꺼웠고 키는 작았으며 털은 거의 없었다.

말이라는 동물은 원래부터 털이 없었지만, 거의 민숭민숭한 모습이 꽤 충격적이었다.

어쨌든.

놈들이 며칠 전부터 몰래 쫓아다녔기에 기분이 상한 그란달 남작은 놈들을 죽여 버리는 것이 어떻겠냐고 제안했다.

"폐하, 놈들을 처리할 수 있도록 황명을 내려 주십시오!"

"굳이 그럴 필요 있겠느냐."

"대화를 원한다면 사람이라도 보내야 하는데, 벌써 3일째이옵니다. 아무래도 꼬리를 달고 다니는 것이 마뜩지 않아서 말입니다."

그란달답지 않은 진중함이다.

제후들 사이에서야 최약체로 평가를 받지만, 원래 그란 달은 호전적인 성미를 가지고 있었다.

이런 척박한 땅에서 살아남기 위해서는 휘하 병력과 기사들을 휘어잡지 않으면 통치가 어려워서 그렇다.

성질 같아서는 확 다 쓸어버리고 싶다는 뜻이다.

하지만 타로스는 조용히 고개를 저었다.

쓸모가 많은 부족이었기에 처음부터 마찰을 빚는 것은 그리 좋지 않다는 판단에서다.

"그냥 두거라. 사막에도 길잡이가 필요한 법이니. 무슨 피해를 준 것도 아니지 않느냐."

"그건…… 맞는 말씀이군요. 헤헤."

게임 자체를 기획한 타로스는 그들에 얽힌 비사나 황제의 과거와 이어지는 비사가 있다는 사실을 알고 있었다.

특히나 이들의 선조와 황제는 연관이 깊었다.

사막의 길잡이로 고용하고, 가능하다면 이들 부족 전체를 끌어안아 실크 로드 건설의 역군으로 활용한다.

첫 단추를 잘 꿰어야 휘하로 거둘 수 있는 법.

가능하면 접근할 때까지 기다렸다.

그들이 접근해 온 것은 철수까지 고작 일주일을 남겨둔 때였다.

"폐하! 백기를 든 사자가 접근합니다!"

두두두두!

과연 기마 민족일까.

푹푹 다리가 빠지는 사막에서 말을 탄 기병이 달려왔다. 등에는 백기를 달고서 말이다.

온몸이 흰 베일로 싸여 있었으며, 눈만 내놓고 있는 전형적인 사막 민족의 모습이다.

사자는 황제에게까지 안내되었다.

놈은 어설픈 제국어로 말했다.

"우리 족장, 당신들의 왕을 만난다."

"이놈! 예의를 갖추어라! 이분은 제국의 황제 폐하시다."

"당신, 족장 만난다."

"……."

애초에 언어가 다른 그들이었다.

그 와중에 제국어를 구사하는 것이 대단한 일이다.

타로스가 피식 웃으며 그들의 언어로 답해 주었다.

"안내해라."

"어, 어떻게?"

"짐은 400년을 살아왔노라. 이 세상의 모든 언어를 구사한다."

"시, 신기한 일이군. 정말로 당신이 사막 너머 제국의 황제인가?"

"이미 보았을 터. 짐은 사막의 왕을 죽였다. 그걸 보고 쫓아온 것이 아니던가."

"……맞다."

사자는 순순히 인정했다.

그러면서도 놀람의 빛을 지우지 못한다.

호루루 부족은 오랫동안 제국과 교류를 끊어 왔다. 그럼에도 불구하고 타로스가 그들의 언어를 구사하는 것에 퍽 놀란 모양이다.

타로스의 뒤로 기사단이 뒤따랐다.

과거와 연결하는 데만 성공하면 그들을 충분히 설득할 수 있었지만, 황제의 위엄은 보여야 했기에 기사단을 대동했다.

사막 한복판에 게르가 설치되어 있었다.

애초에 '포비아 킹덤'의 설정은 지구의 문화를 짬뽕으로 뒤섞어 놓았기에 이런 일도 가능하다.

게르 주변으로 흰 베일로 몸을 휘감은 호위병들이 눈을 부라리고 있었다.

타로스는 그들의 레벨을 확인한다.

람투스 LV. 80
호루루 부족장 호위

기사급의 전력이다.

황실 기사단에는 약간 못 미치는 레벨이지만, 저 정도면 이런 오만함을 보이는 것도 충분히 이해할 수 있었다.

게르 안으로 들어가자 투박한 모양의 의자가 몇 개 놓여 있었고, 하피의 가죽으로 만든 의자에 거대한 덩치를 가진 남자가 타로스를 빤히 바라보고 있었다.

온몸을 기하학적인 타투로 휘감고 있는 호루루 부족의 족장. 나이는 40대 중반 정도나 됐을까.

사막에서 살다 보면 보기보다 겉늙었다는 건 감안해야 한다.

그렇다고 해도 저런 얼굴은 이해 불가다.

'분명히 호루루 부족장을 20대 초반으로 설정한 것으로 아는데. 악마의 저주에 원기가 빨린 것이 저렇게 적용됐나.'

한마디로 더럽게 삭았다.

인상도 더러웠고, 당장이라도 전투를 벌일 기세다.

바바 LV. 88
호루루 부족장

레벨은 그리 높지 않다.

타로스가 세계관 전체의 설정이었고, 중요 인물들은 직

접 설정했었지만, 대사막 부족장의 레벨까지 기억하기에
는 조금 무리가 있다. 워낙에 기획 초반에 설정을 끝냈으
니까.

그런 주제에 어마어마한 기세를 가지고 있었다.

저 정도면 그란달 남작이 충분히 처리할 정도의 실력일
것이다.

"나, 호루루 족장."

역시나 놈도 어설픈 제국어로 말했다.

타로스는 호루루 부족의 언어로 맞받아쳐 주었다.

"짐은 제국의 황제 타로스다."

"어떻게……?"

가뜩이나 더러운 인상이 더욱 찌푸려졌다.

시비를 거는 건지, 놀라는 건지 분간이 되지 않았다.

그란달이 당장 칼을 뽑아 죽일 기세였다.

"이놈! 제국의 황제 폐하께 예를 갖추라!"

"내가 왜?"

"너와는 급이 다른……."

"됐다. 이놈들은 제국의 신민이 아니니 예를 갖추라고
강요할 수는 없는 노릇이지. 문화와 언어조차 다르지 않
느냐."

"황공하옵니다."

타로스는 놈의 맞은편에 털썩 주저앉았다.

"짐을 부른 이유가 무엇이냐."

"귀하가 왕을 죽였는가."

"그 어설픈 전갈 놈을 말하는 거로군."

"……그놈은 사막의 왕이다."

"짐에게는 귀여운 전갈일 뿐이었지."

"제안을 하려 한다. 받아 주겠나?"

"그야 네놈이 어떤 제안을 하느냐에 따라 달렸지."

"그 땅은 오래 전부터 우리 호루루 부족이 차지했었다. 그러다가 사막의 왕이라는 그 전갈이 나타나면서 나라가 멸망했지. 그러니 우리에게 권리가 있다."

"나라가 멸망해? 개소리도 적당히 해라. 이거 슬슬 기분이 나빠지려 하는데. 네놈들은 수백 년 동안 대사막을 떠돌지 않았느냐."

"폐하, 무슨 일이시옵니까?"

기사들이 타로스에게 물었다.

굳이 거짓말을 할 이유가 없었기에 타로스는 들은 그대로 제후들과 기사들에게 알려 주었다.

곧바로 그란달이 길길이 날뛰었다.

"이런 미친놈! 대사막은 제국의 영토다! 너희들이 무슨 권리로 그런 망상 같은 주장을 하느냐!"

"그 땅, 우리 거."

"하! 그보다는 네놈들을 모조리 죽여 버리면 될 것 같은데?"

그란달은 역정을 냈다.

얼굴이 붉게 달아오른 것을 보니 적잖게 혈압이 오른 모양이다.

뼈가 빠지게 정벌을 해 놓았더니 그 땅의 권리를 주장한다. 기사들도 말은 하지 않고 있었지만 내심은 그냥 다 죽여 버리는 것이 낫다고 여기고 있었다.

하지만 타로스는 그렇게 생각하지 않았다.

원작의 황제와 깊은 연관이 있기도 하였지만, 놈들에게 받아 낼 것도 있다.

바로 유목민의 인장.

타로스에게 '완벽한 기마'를 선사할 아이템이다. 지금 유물이 느껴지지 않는 것을 보니 부족 어딘가에 보관되어 있을 것이다.

톡. 톡. 톡.

어떻게 해야 이들을 끌어안는 것은 물론 유물을 뜯어낼 수 있을까.

이들보다 사막에 대해 잘 아는 자들은 이 세상에 존재하지 않았으므로 휘하로 끌어들이면 추후 대사막을 개발하기가 수월해진다.

그나마 일행 중에서 가장 침착한 모습을 유지하고 있던 그랑카인 후작이 그에게 물었다.

"한 가지 방법이 없는 건 아니다."

"어떤 방법?"

"폐하의 품으로 들어오거라. 제국의 신민이 된다면 폐하께서 그 땅을 허락하실지 모를 일이지."

"안 돼. 우리는 자긍심 높은 민족. 누군가의 가랑이로 들어가지 않아."

어설픈 제국어였다. 듣기에 따라서는 상대방을 농락한다고 느낄 수도 있는.

결국 그랑카인 후작도 폭발했다.

"이런 비루먹은 망아지 새끼가!? 폐하! 신에게 명령을 내려 주신다면 당장 이놈들의 부족으로 달려가 죄다 태워 버리겠사옵니다!"

도저히 말이 통하지 않는 놈들이다.

당연히 타로스에게는 대안이 있었다. 직접 기획하고 이 세상을 창조하였으니 황제와 이들 선조와 이어진 비사를 꿰뚫고 있었다.

다만, 이들에게 과거의 인연이 먹혀 들어갈 것인가.

'이런 놈들은 전통을 중시하지. 여기에 답이 있다.'

자존심 하나로 먹고 사는 놈들이다.

이미 죽음을 각오했다고 해야 하나. 아니, 죽음을 두려워하지 않는다고 봐야 한다.

"쯧, 짐과 함께한 가브엘도 이따위로 막 나가지는 않았다. 그러나 오랜 시간 사막을 떠돌다 보니 정신 줄까지 모래바람에 날려 버린 모양이로군."

"……!"

바바의 눈동자가 부릅떠졌다.

가브엘.

무려 400년 전의 인물이다.

타로스가 황제가 되기도 전의 일이었다. 설정상으로는 그 당시 타로스는 대륙을 떠돌고 있었다고 한다. 그러니 타로스의 행적에 대해서는 누구도 알지 못하는 셈이다. 그저 타로스 본인만 알고 있을 뿐.

지금 세상에 세세한 기록이 남아 있을 수도 없으니 확인할 수 있는 방법도 없다.

그르릉!

바바가 거대한 도끼를 들었다.

"선조를 모욕하지 마라!"

"네 조상과 짐이 우정을 쌓지 않았다면 어찌하여 그대들의 언어를 알고 있을 것이며, 위대한 선조의 이름까지 알고 있겠는가."

"그건……. 그런데."

'살짝 모자란 놈이군.'

타로스는 확신했다.

뭐 이렇게 단순한 놈이 있나 싶을 정도로 간단하게 인

정했다.

물론 타로스의 말에 허점은 없었다. 400년 전 인물이 아니고서야 부족의 역사를 알 수 있을 리가 없었으니까.

공식적으로 300년 동안 한 번도 호루루 부족과는 접점이 없었다. 그러니 타로스의 말에는 더욱 설득력이 있었다.

"가브엘의 친분에 따라 그대 부족에 깃들어 있는 저주를 정화시켜 주겠노라. 그대들은 무려 300년 동안 어려움을 겪고 있을 터."

"어, 어떻게!?"

놈은 더욱 놀랐다.

호루루 부족은 심각한 문제를 겪고 있었고, 그걸 타로스가 완전히 간파한 것이다. 다만 타로스는 당하고는 못 사는 성격이었기에 한 가지는 짚고 넘어가기로 했다.

"네 선조와의 친분으로 돕기는 하겠으나 모래바람에 날려 버린 정신 줄은 다시금 잡아야겠다. 자고로 미친개에게는 몽둥이가 약이라고 하였느니라."

§ § §

타로스의 말에 분위기는 급격하게 냉각되었다.

급한 성격에 단순 무식한 호루루 부족의 족장 바바는

크게 역정을 냈다.

"뭣이? 지금 나를 모욕하는 거냐!?"

"짐은 받은 것을 돌려줄 뿐. 그란달 남작."

"옛, 폐하!"

바로 한판 붙을 분위기에 그란달은 신이 나서 외쳤다.

그렇지 않아도 호전적인 피를 타고난 그란달이었다. 자국 황제에게 시건방지게 군 바바를 어떻게든 패고 싶어 안달이 나 있었다.

두 사람이 승부를 겨루면 반드시 그란달이 승리한다.

레벨이 90대에 근접한 상황에서 단 하나의 레벨만 차이가 나도 크게 작용을 한다. 그러니 그란달이 충분히 분풀이를 할 수 있을 것이다.

"저 건방진 놈에게 신성한 도전을 걸어라. 결코 거부할 수 없을 것이니."

"아, 아니 어떻게!?"

분기가 머리끝까지 올라와 얼굴이 벌겋게 달아올라 있었던 바바와 부족 전사들은 차갑게 머리를 식혔다.

신성한 도전.

이는 호루루 부족의 분쟁 해결 방법으로 중세 유럽의 결투와 비슷했다.

잘잘못을 따지기 어려운 경우라면 신께서 판결을 해 주신다고 믿고, 검을 드는 행위에서 모티브를 따왔었다.

호루루 부족은 전통적으로 사막의 신 하브라를 믿어 왔고, 아주 오래된 그들의 경전에는 신성한 전투에 대한 내용이 잘 기술되어 있었다.

그 때문에 호루루 부족은 이웃 간 다툼이 벌어지면 신성한 결투를 벌여 판결을 하고는 했다.

즉, 신의 이름으로 행하는 일이기에 거절할 수 없다는 뜻이다.

"받아들이겠느냐? 너는 짐이 모욕을 하였다고 믿고 있고, 짐은 네놈들에게 모욕 받았다고 믿으니 신성한 결투를 제안한다."

"흐흐! 맞다! 내가 폐하의 대전사로 나설 테니 너희들도 전사 한 명을 내든지, 바바 네 녀석이 직접 나서라!"

쾅!

바바가 거대한 도끼로 바닥을 찍었다.

역시나 위협적인 피지컬이다.

놈은 하늘을 바라보며 외쳤다.

"사막의 신 하브라시여, 오늘 당신의 종이 분쟁 해결을 위하여 신성한 결투를 벌이려 합니다. 부디 공정한 판결을 부탁드립니다!"

쿵! 쿵!

부족 전사들도 하나같이 도끼로 바닥을 찍었다.

타로스는 이것이 인정을 뜻하는 행위임을 알았다.

그가 검집으로 바닥을 찍자 이곳에 있던 호위 기사들도 모두 검을 바닥에 찍었다.

이것으로 대결 확정이다.

사막 한복판.

간헐적으로 모래바람이 불어와 폐부를 찌르는 가운데 대결을 위한 공간이 조성되었다.

양측의 진영은 약 50미터를 두고 떨어졌다.

타로스와 기사들은 담담하게 관전하고 있었으나, 호루루 부족 전사들은 특이한 소리를 내며 응원했다.

"호루루루—."

그 소리를 들은 로빈슨 단장이 눈살을 찌푸렸다.

"다소 특이한 억양이로군요."

"저놈들은 사냥을 할 때에나 전투를 할 때에도 비슷한 소리를 내지. 그 덕분에 호루루 부족이라는 명칭이 붙은 거다."

"조금 특이한 부족 명칭이라고 생각은 했사옵니다."

"저 소리는 호루루 부족의 언어로 '신께 영광'이라는 뜻이다."

"덩치답지 않게 독실하군요."

"원시 부족들은 대부분 토템 신앙을 가지고 있다. 그나마 이들의 신들은 급이 높은 편이지. 사막의 신이 진정으로 존재하는지는 의문이다만."

쾅!

먼저 몸을 날린 것은 바바였다.

마나를 단련하지 않았고 육체만 수련하였는지 거대한 근육들이 풍선같이 부풀어 오른다.

그것만으로도 어마어마한 풍압을 만들어 낸다.

거대한 도끼는 빠른 속도로 움직였다.

하지만 그란달은 하품을 하며 기다리다가 슬쩍 피했다.

퍼억!

도끼가 모래바닥을 찍었다.

후웅! 후웅!

맞으면 최소한 사망에 이를 것 같은 파동이 사방으로 퍼졌다.

날카로운 파공성을 본다면 굉장한 파괴력을 담고 있었지만, 무기는 어디까지나 상대방에 닿아야 유의미한 타격을 주는 법.

그란달은 최소한의 동작으로 모조리 피하고 있었는데, 바바의 이마에 심줄이 불끈 치솟았다.

"레빗 같은 놈아! 언제까지 피할 셈이냐! 공격해라!"

"푸하하하! 이런 등신 같은 놈! 보면 모르겠냐? 나는 한바탕 놀이를 즐기고 있는 거야. 덩치가 산만 한 곰을 데리고 노는 것도 재밌거든. 사막에는 곰이 없어서 어떻게 생겼는지는 모르려나?"

"이놈이!?"

콰광!

공격은 더욱 거칠어졌다.

다르게 말하면 평정심을 잃었다는 뜻이다.

파괴력은 높아졌지만 도끼의 궤적은 단순해졌고, 감정에 치우쳐져 정교하지 못했다. 그러다 보니 피하기가 더욱 쉬웠다.

팟!

잠시 뒤로 밀려난 그란달은 바닥에 검을 박아 넣고 스트레칭을 했다.

바바의 얼굴은 더욱 붉어졌다. 저러다 혈압으로 쓰러지는 것이 아닐까 싶을 정도로.

"헛둘! 헛둘!"

"개새끼야아아아!"

그란달은 황소처럼 달려드는 바바를 주시하다가 그대로 카운터를 쳤다.

콰아아아앙!

"끄아아악!"

이빨 몇 개가 허공으로 날아가고, 바바는 무려 30미터를 날아가 바닥에 대자로 뻗었다.

"……."

대결을 관선하고 있던 기사들의 입가가 씰룩거린다.

아군이 보기에도 그란달의 행동은 얄미운 감이 있었다. 하지만 그의 행위들은 황제가 무시를 받았다는 것만으로도 모두 정당화되었다.

그란달은 천천히 바바에게 걸어갔다. 검은 땅바닥에 꽂은 후였다.

간신히 일어나려던 바바의 턱에 그란달의 발등이 작렬하였다.

빠아악!

"케엑!"

"감히 만국의 지배자이신 황제 폐하께 경외를 올려도 모자랄 판에, 네놈은 황제 폐하를 능멸하였다. 이는 부관참시를 해도 마땅치 않은 중죄."

빠아악!

이번에는 그란달이 복부를 걷어찼다.

놈의 몸은 붕 날아 3미터가량 떠올랐다가 머리부터 처박혔다.

"오직 폐하를 판단하실 분은 하늘에 계신 신들뿐이라."

빠아악!

"살려……."

그란달의 몸이 데굴데굴 굴렀다.

본격적으로 구타가 시작되자 모래에 붉은 피가 사방으

로 튀며 스며들었다.

황제를 능멸한 죄라지만 그란달은 구타 자체를 즐기는 모습을 보였다.

제국의 제후들은 하나같이 호전적이며, 전투를 즐기기 위하여 타고난 모습을 보여 주었다.

즐기는 '척'을 하는 것이 아니라 진심으로 전투를 즐겼다.

그들의 마음에는 기본적으로 가학이라는 기능이 탑재되어 있었다. 그저 귀족이라는 껍데기를 쓰고 있었기에 드러나지 않을 뿐.

바바의 입에서 결국 항복이 튀어나왔다.

"졌다!"

우뚝!

그란달의 주먹이 바바의 눈앞에서 멈추었다.

피투성이가 된 바바의 이마에 땀이 섞여 진득하게 흘러내렸다. 이번 타격이 들어갔다면 호루루 부족은 오늘 부족장을 잃었을 것이다.

그란달이 피식 웃으며 물러났다.

"폐하! 신이 폐하를 대신하여 건방진 놈을 징치하였사옵니다."

"수고했다."

"헤헤, 별말씀을."

방금 전까지 야수처럼 부족장을 두들겨 패다가 황제에게 강아지처럼 꼬리를 흔들고 있는 그란달의 모습을 보며, 호루루 부족의 전사들은 기가 찬 표정을 지었다.

하나같이 뭐 저런 놈이 다 있나 싶은 것이다.

정치라는 것을 모르고 이중적인 가면을 쓰지 않는 순박한 자들이었기에 그란달의 행동은 충격으로 다가왔을지도 모르겠다.

어쨌든.

신성한 결투에서 타로스가 승리한 것이 됐다.

타로스가 손짓하자 레베카가 바바에게 포션을 먹이고 상처에 부어 주었다.

치이이익!

맞았던 자리에 새살이 차오르고 내상이 회복되며 바바는 몸을 움직일 수 있을 정도가 되었다.

거대한 덩치의 부족장이 매우 머쓱한 표정을 지으며 타로스에게 다가왔다.

털썩.

놀랍게도 바바는 바로 무릎을 꿇고 수긍했다.

"사막의 신께서 공정한 판결을 내렸다. 나는 황제에게 고개를 숙인다."

타로스의 입가가 슬쩍 뒤틀렸다.

호루루 부족의 보물인 부족장의 인장만 가져와도 성공

한 여행이라고 생각했었는데, 잘 하면 그들 부족 전체를
제국으로 이주시킬 수 있을 것 같았다.

사막에 내린 밤.

낮에는 살이 익을 정도로 더웠다가 밤에는 얼음이 얼
정도로 추워지는 극한의 환경.

일반적인 사막의 경우 일교차는 40~50도 정도였지만
대사막의 일교차는 무려 70도에 달했다.

모닥불을 피우지 않으면 체온을 유지할 수가 없을 정도
다.

다만, 마법사가 있다면 기온은 10도 이상 끌어 올리거
나 내릴 수 있었다.

마법사의 존재를 처음 겪어 본 호루루 부족 전사들은
매우 놀란 표정을 지었으나 문명의 차이를 인정했다.

타들어 가고 있는 야자나무를 바라보며 타로스가 말했
다.

"바바 부족장, 저주에 대해 이야기해 보거라."

"저주……."

바바는 곤욕스러운 표정을 지었다.

타로스는 이 저주가 악마류 영체 때문이라는 사실을 알
고 있었지만, 그게 눈에 보이지 않는 사람들에게는 정체
불명의 저주라고 인식되었다.

"우리는 조상 대대로 대사막을 떠돌 수밖에 없는 운명을 타고났다."

"안전 구역으로 갈 생각은 해 보지 않았나."

"대사막을 떠나면 사람이 시름시름 앓기 시작하고 3일 내에 죽는다."

"그거 꽤 지독한데."

"한 달에 한 번, 우리는 재앙을 막기 위해 제물을 바치고 저주는 원기를 흡수한다. 제물로 바쳐지면 10년 정도는 늙고 말지."

"그 존재가 무엇인지 밝혀 볼 생각은 안 했나?"

"했다. 그러나 어떤 방법을 써도 저주는 없어지지 않았어. 그나마 자비로운 하브라께서 횡액을 막아 주셔서 부족이 유지되고 있는 중이다."

"너도 제물로 바쳐졌나?"

"당연하지. 부족장이라면 거쳐야 하는 숙명이야."

"네 나이는?"

"20살."

"하! 뭐라고!? 애송이 새끼가! 겨우 스물밖에 안 처먹은 놈이 그리 건방지게 굴었냐!?"

가만히 이야기를 듣고 있던 그란달이 다시 한번 바바를 칠 기세였다.

한눈에 봐도 바바의 나이는 40대 중반이었다.

저주의 존재에게 원기를 10년 정도 빨린다고 해도 도저히 이해하지 못할 정도의 외모를 가진 것이다.

사실 그란달뿐만이 아니라 이야기를 듣고 있던 기사들도 깜짝 놀랐다.

"저게 20살의 얼굴이라니……. 아니, 서른이라고 해도 도저히 이해가 되지 않을 노안인데."

기사들의 말에 바바는 히쭉 웃었다.

"노안은 강함의 상징이다. 얼굴이 늙으면 적들이 두려워하거든. 나이가 중요한 것은 아니야. 애송이들은 이해 못 해."

"그건 또 뭔 개소리……."

"됐다. 인간이 사는 기준은 모두 다른 법이 아니겠느냐."

"황공하옵니다."

타로스의 말에도 불구하고 기사들은 신기하게 그들을 바라보고 있었다.

지금 이곳에 온 부족의 전사들은 죄다 20대다.

40대를 넘어 간간이 50대가 되어 보이는 자들도 있었는데, 어떻게 하면 저렇게 노안이 될 수 있는 것인지 연구 대상이 따로 없다.

마나의 영향으로 40대가 20대 후반에서 30대 초반으로 보이는 기사들이다. 노안의 전사들은 그런 기사들을 실컷

비웃었다.

한참이나 기사들이 못생겼다고 욕하던 바바는 겨우 정신 줄을 붙잡았다.

"그런데, 황제. 정말로 우리 부족의 저주를 없앨 수 있어?"

여전히 어설픈 제국어가 이어졌다.

타로스는 무심하게 말했다.

"없앨 수 있다. 너희들이 원기를 빨리며 고생하고 있는 것은 저주 때문이 아니라 악마 때문이거든."

§ § §

호루루 부족이 생활하는 정착지는 대사막 동쪽 끄트머리에 걸려 있었다.

대사막도 산이 존재하였고 초지가 있었는데, 그들은 거대한 산맥에서 내려오는 물 때문에 형성된 산록 오아시스를 끼고 있었다.

물론 유목민이 괜히 유목민은 아닌지라 그들은 계절에 따라 오아시스를 옮겨 다니며 생활한다.

일행들이 도착하자 남루한 행색의 부족민들이 나와 구경을 했다.

그란달이 이곳의 대체적인 분위기를 보며 한마디 툭 내

뱉었다.

"음침한데요."

"그럴 수밖에. 마기가 흐르고 있지 않나."

"과연…… 이것이 마기로군요."

어둠의 기운이 부족 전체를 지배하고 있었다.

진득하게 느껴질 정도의 마기가 사방에 깔리니, 대사막의 명성에 걸맞지 않게 몬스터 따위는 얼씬도 하지 않았다.

이제야 일행들은 어째서 이들이 이토록 대사막에서 오랫동안 살아남을 수 있었는지 알게 되었다.

사막에서 살아가는 요령들을 익히기는 했겠지만, 근본적으로 몬스터들이 잘 접근하지 않았던 이유는, 그건 바로 이 기운 때문이다.

실제로 몬스터가 부족을 습격하는 일은 1년에 몇 번 없는 연례행사라고 한다. 그마저도 강한 놈들은 아니라고.

유목민들은 이동식 천막인 게르를 이용하여 대사막을 방랑하였고, 가축을 기르거나 사냥을 하며 살아간다.

곳곳에 걸려 있는 어망이나 낚시 도구들을 보아서는 비교적 큰 오아시스들이나 선선한 구역을 전전하며 어류도 식량으로 삼고 있는 것으로 보인다.

전체적인 생활 수준은 열악하다.

하나같이 검붉은 모습에 병자들도 많이 보였다.

마기가 이들을 잠식하면서 원기가 10년이나 빨려 나가는 의식이 아니더라도 원기가 서서히 감소하여 폭삭 늙게 되는 것이다.

부족민들의 평균 수명은 40세.

이마저도 장수했다고 할 정도였으니, 이곳을 잠식한 악마가 얼마나 지독한지 엿볼 수 있는 대목이다.

부족민들 사이로 병색이 완연한 노인이 천천히 걸어 나왔다.

지팡이를 짚고 있어 걷기도 힘들어 보였는데, 그가 바로 부족 최고령이자 대장로인 가렘이다.

바바 족장에게 듣기로는 39세란다.

수명이 얼마 남지 않았다고 한다.

"크흠, 어찌 저런……."

"심각한데."

기사들은 대장로에게 동정의 시선을 보냈다.

황실 기사단의 평균 나이가 40대인 점을 감안하면 도저히 이해가 불가능한 노안이었기 때문이다.

겉으로 보기에는 한 80대 중반 정도라고 할까.

타로스가 이 세상에 빙의하기 전보다도 어린 나이다.

"쿨럭! 쿨럭! 화, 환영한다."

역시 어설픈 제국어가 흘러나왔다.

노인이 부족민들에게 손짓했다.

"손님 맞을 준비를……."

"네, 대장로님!"

부족민들이 바쁘게 움직였다.

고립된 채로 살아가는 호루루 부족에 손님이 찾은 건 실로 오랜만이었다.

아주 가끔 대사막을 성공적으로 횡단한 상인들이 방문하기는 했지만, 이 음침한 기운으로 인하여 그냥 지나치는 경우가 허다했다.

물자가 다 떨어져 어쩔 수 없이 방문하는 경우가 아니라면 손님이 올 일이 없었으니, 이들에게 있어 손님이란 매우 희귀한 존재였다.

대장로는 자신의 재산인 양을 잡아 고기를 마련했고, 숙성된 마유주를 음료로 내왔다.

물론 대장로는 제대로 움직이지도 못하였기에 마을의 처녀들이 상을 차렸는데, 그들의 얼굴도 꽤나 충격적이었다.

타로스에게 기사들이 속닥거리는 소리가 들렸다.

'마을 처녀? 애가 다섯 정도 있다고 해도 믿겠는데.'

'폐하께서 말씀하지 않으셨나. 인간은 사는 기준이 다 다른 것이라고. 노안을 멋지고 아름답게 여기는 풍습이 있을지도 모르지.'

여기에 더하여 어린아이들조차 주름이 생기기 시작하

였으니, 악마 놈의 농간은 상상을 초월한 것이라고 보아야 한다.

타로스는 무심한 표정을 유지하면서도 하늘을 주시하였다.

이런 짓을 할 만한 존재는 영체 계열의 악마 혼 스피릿밖에 없다.

인간의 원기를 주식으로 하여 살아가며 무려 수천 년을 존재하였던 마물. 놈은 황제의 과거사와 깊게 얽혀 있는 악마였다.

타로스가 직접 오지 않았다면 이들은 영원히 혼 스피릿의 먹이로 대사막을 떠돌았을 것이다.

대장로가 손짓했다.

"차, 차린 것은 없지만 마, 많이 먹어."

바바가 거대한 술동이를 휙 낚아채더니 통째로 들이켰다.

꿀꺽! 꿀꺽!

"푸하! 살 것 같아. 술이 잘 익었네."

잔치 같은 접대가 시작되었다.

족장을 제외한 모든 부족민들에게는 긴장의 끈이 조여져 있어 다소 아슬아슬한 분위기가 이어졌다.

대충 배를 채울 즈음, 대장로가 꽤나 두려운 얼굴로 이야기를 꺼냈다.

"드, 들어 보니 우리의 저주를 풀어 준다던데."

"저주가 아니다. 너희들은 악마에게 잠식되었다."

"악마……? 부, 분명 성서에 기록되었긴 한데."

"혼 스피릿이라는 악마가 있지. 짐도 400년 전에 한 번 본 적이 있는 놈이니라."

"400년!?"

나이가 겨우(?) 40살도 되지 않은 대장로의 입장에서 보면 상상도 할 수 없는 세월이었다.

타로스에게 기억은 없지만, 원작의 황제와는 지독한 악연으로 이어져 있는 대악마였다.

"짐작은 간다. 아마 네 선조인 가브엘이 악마에게 추격을 받았을 테지."

"우, 우리 선조를 알고 있어?"

"우정을 나눈 친우이니 당연히 알고 있지. 대륙을 여행하는 중에 우리는 혼 스피릿과 마주한 적이 있었지. 내게도 쉬운 전투는 아니었다. 그 당시의 짐은 그리 강한 존재가 아니었거든."

타로스는 목을 축이기 위하여 마유주를 들이켰다.

역시나 명성 그대로다.

비릿하고 시큼한 것이 처음 먹는 사람들은 마유주의 냄새만 맡아도 마시는 것을 포기할 정도다.

기사들은 난감해하며 마유주를 홀짝였는데 상당히 고

역스러운 표정이었다.

"혼 스피릿을 만난 것은 대사막이었지. 짐은 그때까지만 해도 황위를 이어받을 생각이 없어 대륙을 주유했다. 제국에서 황제가 된다는 것은 황가의 피를 이었다는 것만으로는 불가능한 일이었지. 해서, 대륙 곳곳에 흩어진 신화들과 여러 무학들을 집대성하기 위하여 움직였다."

처음 나오는 타로스의 과거.

그 때문에 기사들은 먹는 것을 멈추고 황제의 말에 귀를 기울였다.

물론 이것은 어디까지나 타로스의 설정에 의한 것이었지, 기억에 의지한 이야기는 아니었다.

여기에 약간의 거짓을 가미했다.

그렇다고 완전한 거짓도 아니다. 설정상으로는 타로스가 가브엘과 동료였던 것은 확실했으니까.

사실, 동료와 친구 사이를 구분하는 것도 어렵다. 타로스가 이렇게 이야기한 것은 좀 더 드라마틱한 효과를 위해서다.

"대사막에 들르게 된 이유도 그 때문이었다. 그 당시의 짐은 검술을 완성하기 위해 혈안이 되어 있었다. 이곳 대사막에 잊힌 고대 검술이 있다는 소문을 듣고 찾은 것이었지. 그때 도달한 곳이 바로 고대 왕가 비스틴의 옛 성터다."

"비스틴 왕국······. 성서에도 분명히 기록된 왕국이지."

대장로는 고개를 끄덕였다.

이야기의 신빙성이 더해졌다.

사막의 신을 모시는 자는 호루루 부족민들이 알기로 이제는 존재하지 않았다.

성서에 기록된 내용을 타로스가 알고 있다는 사실만으로도 정말 타로스가 이들의 선조와 연결되어 있음을 증명하는 것이다.

"처음부터 쉽지가 않더군. 우리가 도착하였을 때는 이미 악마들이 점령하고 있었던지라, 짐과 동료들은 갖은 고생을 하였다. 그곳을 탐사하다가 많은 동료들이 목숨을 잃었지. 그래도 결국 두 권의 서적을 얻기는 했다. 그중 하나가 짐의 검술 근간이 되었던 제왕검법과 너희 호루루 부족이 익힌 것이라 짐작되는 더스트 윈드다."

"······!"

모든 사람들이 놀랐다.

기사들의 입장에서는 황제의 강함이 어디에서 비롯되었는지 처음 깨닫게 된 것이다. 거기에 더하여 지금은 대륙 최강으로 불리는 자가 과거에는 어떤 일을 겪었는지 그 파편이라도 들을 수 있었다.

호루루 부족의 입장에서도 마찬가지였다.

더스트 윈드는 그 이름조차 생소하였는데, 그러한 무학

을 호루루 부족이 익혔다고 확신하는 자체가 놀람의 연속이었다.

타로스는 이야기를 마저 이어 나갔다.

"우리는 옛 왕가의 지하 감옥에 갇힌 채 수련을 해 나갔다. 시간이 뒤틀린 것인지 아무리 수련을 해도 배가 고프지 않더군. 우리가 보유하고 있던 식량과 식수만으로도 능히 1년은 버틸 수가 있었다. 어느 정도 검술과 무술을 익힌 이후 지하 감옥을 탈출했다. 문제는 그때부터다. 최악의 악마라고도 평가받는 혼 스피릿과 마주하였거든. 그래도 우리는 항마력이 있는 검과 도끼로 무장하고 있었다. 그럭저럭 혼 스피릿과 전투를 벌였고, 거의 칠 주야를 싸웠던 것으로 기억한다."

"기록과 일치하는데요? 선조의 마지막 동료가 현 제국의 황제라는 것은 좀 당혹스럽지만."

바바는 호루루 부족의 언어로 대장로에게 말했다.

대장로 역시 고개를 끄덕였다.

"선조의 동료들에 대해서는 언급된 적이 없었는데, 이제야 하나의 조각을 맞추게 되었구나. 오늘 황제의 이야기는 세세하게 기록해라."

"예, 대장로."

타로스는 피식 웃으며 이야기를 이어 갔다.

"그러나 결과적으로는 승리하지 못했다. 워낙에 강력한

놈이었거든. 우리는 후일을 기약했고, 짐은 선황께서 승하하였다는 소식을 듣고 환궁하였다. 결과적으로 그때에도 짐은 황제가 되지 못했다. 황제가 된 것은 그 이후로, 무려 100년이 흐른 뒤였다. 환궁한 후 가브엘의 소식은 간간이 전해 들었다. 그때만 해도 대사막이 이 지경은 아니었고, 많은 부족들이 살아가고 있었지. 가브엘은 그런 대사막의 유목민들을 통합하여 왕처럼 군림하였던 것으로 안다."

"마, 맞다. 당신은 정말로 선조의 친우였어! 쿨럭!"

대장로가 흥분해서 소리쳤다.

역사를 중시하는 그들에게 있어 타로스의 등장은 상당히 고무적인 일이었다.

타로스 역시 거짓말을 한 건 아니었다. 목숨을 걸 정도의 친구가 아니었을 뿐.

"우리가 헤어질 당시, 가브엘은 짐에게 한 가지를 부탁했다. 그것은 본인이 죽더라도 자신의 부족이 위기에 처한다면 한 번은 도와 달라는 것이었지. 그리하여 짐은 이런 형태의 목걸이를 증표로 주었다."

타로스는 능숙하게 바닥에 그림을 그렸다.

타원형에 줄 하나가 가 있는 목걸이.

그것이 바로 대사막에서 구할 수 있는 유물 유목민의 인장이었다.

"헉! 이, 이건!?"

"너희들이 잃어버리지 않았다면 어딘가에 보관되어 있을 것으로 믿겠다. 증표가 없다면 짐도 도와줄 필요가 없으니."

"이, 있다! 있어!"

대장로는 지팡이를 짚고 어딘가로 달려가더니 고풍스러운 목합을 가져왔다.

보존 마법이 걸려 있어 목합은 상하지 않았고 그 안에 들어 있는 유목민의 인장도 마찬가지였다.

유목민의 인장

등급: 유물
착용 조건: 민첩 60/레벨 제한 40
내구도: 무제한

민첩 +30
완벽한 기마[패시브]

호루루 부족장의 인장.
부족의 시조인 가브엘이 제작했다.

'찾았군.'

대장로는 바로 목걸이를 주려 하였지만 타로스가 거절했다.

타로스가 1%의 거짓을 섞었다고는 해도 사기를 쳐서 공짜로 목걸이를 얻어 내는 짓 따위는 하지 않는다.

타로스는 이들에게 걸려 있는 최악의 저주를 풀어 주려했다.

스스슷!

그때, 유목민의 인장과 반응한 악마가 다가오는 것이 보였다.

"저기 오고 있군. 인장은 너희들에게 걸린 영원의 저주를 풀고 나서 돌려받겠다."

§ § §

대사막 서부를 병풍처럼 두르고 있는 어느 산맥 깊은 분화구.

기다란 영체를 뻗어 용암으로 목욕을 즐기고 있던 악마가 눈을 떴다.

오랜 시간 봉인되어 있던 힘이 세상 밖으로 나온 것이 느껴진다.

혼 스피릿의 몸체는 산맥에서 쭉 뽑혀 나왔다.

그의 노예들이 가진 인장이 요사스럽게 발광하고 있었다.

수백 년 전에 혈투를 벌였던 기억이 떠오른다. 무려 칠주야를 싸웠으나 끝을 보지 못했던 유일한 인간.

전투 당시 혼 스피릿은 겁에 질린 개처럼 도주해야만 했다. 워낙 영체에 타격이 컸고, 그걸 회복하는데 100년의 세월이 걸렸다.

그 이후 힘을 키워 왔으며 때를 기다렸다.

곧 세상을 잠식할 수 있는 힘이 생긴다. 대륙의 모든 인간들을 자신의 노예로 부리며 종국에는 마계로 넘어가 왕좌를 차지할 수 있는 날이 올 것이라 믿었다.

그러기 위해서는 넘어야 할 산이 있었다.

그건 바로 자신을 이 꼴로 만들었던 인간을 소멸시키는 것이다.

이는 복수를 위함이기도 하였고, 혼 스피릿이 활개를 치기 위해서는 반드시 죽여야 할 존재이기도 하였다.

그는 간만에 영체를 형상화시켰다.

거대한 몸집을 불려 나갔으며, 완벽하게 마기로 대지를 잠식한 때에 오래전 끝을 내지 못하였던 존재와 조우했다.

-400년 만이로구나.

"꽁지 빠지게 도망치던 그 모습이 기억나는구나. 지금

껏 어디에 숨어 있었나 싶었더니, 이런 곳에서 인간들을 괴롭히고 있었느냐?"

-파하하하! 그때의 내가 아니다.

"가브엘은 어찌했나?"

-그 녀석? 나의 힘 일부가 되었으며, 그 자손들은 보다시피 권속이 되었지.

"그래? 그럼 오늘, 그날 못다 한 전투를 마치도록 하지."

-오랜 세월, 이 시간을 기다렸다.

혼 스피릿은 마기를 끌어모으기 시작했다.

저 비천한 인간 놈은 전투의 장소를 잘못 골랐다. 무려 혼 스피릿이 400년이나 마기를 키워 온 근거지 주변이었으니까.

혼 스피릿이 뭔가를 인식하려는 순간, 인간 놈은 그 자리에서 사라졌다.

타로스는 스모크를 사용하며 도약한 후, 혼 스피릿의 레벨을 확인한다.

혼 스피릿 LV. 99

지옥의 군주

간단하지만 대단히 위험스러운 설명이다.

일명 지옥의 군주.

포비아 킹덤을 디자인할 때, 분명히 천계와 마계를 디자인해야 한다는 소리가 나오기는 했다.

하지만 천계의 천사들이나 마계의 악마들은 지상계에서만 활동할 뿐이었고, 스토리가 마계나 천계로 넘어가는 경우는 없었다.

그렇게 될 경우, 플레이 타임이 너무 길어지기도 하였지만 무대가 바뀌면 유저들이 적응하지 못할 것을 우려해서다.

그런 이유로 천계와 마계는 존재한다고만 설정했고, 그 안의 세력 구성이나 자세한 사안에 대해서는 기획 자체를 하지 않았다.

그러니 실제로는 어떤 형태로 이 세상에 영향을 미칠지 전혀 알 수가 없는 상태다.

문제는 여기서 지옥의 군주를 죽이지 못하면 마계가 열려 버릴지도 몰랐기에 반드시 처리하고 가야 한다.

팟! 팟!

어지럽게 공간이 움직였다.

혼 스피릿은 레벨 99에 달하는 괴물답게 타로스에게 잡히지 않으려 애썼다.

마력이 확확 줄어드는 것이 느껴진다.

'이대로는 안 되겠는데.'

아무리 초공간 이동과 스모크를 사용한다고 해도 영체인 혼 스피릿을 쫓아가는 건 힘들었다.

400년 전, 타로스 황제가 가브엘과 함께 놈을 상대하였던 것은 결계가 있었기 때문에 가능한 일이었다.

결계마저 없는 지금, 무한정에 가까운 공간은 타로스에게 불리했다.

결국 타로스는 지상으로 내려왔다.

─파하하하! 네놈도 꽤 강해지기는 했지만 그뿐이다. 오늘, 이곳은 네 녀석의 무덤이 된다.

"도망만 다니는 놈이 말이 많구나. 어디 공격해 보거라."

타로스는 손가락을 까딱이며 도발했다.

도저히 영체 10m 내로 접근할 수가 없었기에 놈이 접근할 때를 기다려야 하는 것이다.

혼 스피릿은 영체를 육체화시켰고, 곧바로 원거리 공격을 날리기 시작했다.

이 순간을 노린다면 놈을 잡아낼 수 있을 것 같았지만, 도약하는 순간 또다시 영체화하여 도망을 칠 것이 뻔했다.

강렬한 공격이 쏟아졌다.

지옥의 업화가 쏟아지며 사막을 태워 버렸다.

주변의 모래가 녹아내리며 액체로 변하였으며 외곽은 유리로 변했다.

타로스의 첫 번째 앱솔루트 배리어가 깜빡거렸다. 다행히 놈의 공격은 잠시 멎었다.

-오호. 400년 동안 놀고먹었던 건 아닌 모양이로구나?

다시 시작된 2차 공격.

타로스는 다시금 앱솔루트 배리어를 막아 냈다.

지금 타로스가 가지고 있는 마력은 500까지 내려갔다.

스모크를 사용하며 마력을 낭비하였고, 연달아 앱솔루트 배리어를 치니 마력이 확확 줄여 나가고 있는 것이다.

마력의 반이 날아간 상황이었지만, 타로스는 차분했다.

정신만큼은 절대 흔들리지 않았다. 이런 식으로 버티다 보면 분명히 놈이 다가올 것이기 때문이다.

세 번째 배리어.

이미 주변의 수백 미터가 완전히 초토화되어 있었다.

어마어마한 크기와 온도를 가진 화염들이 떨어지자 마치 메테오가 쏟아지는 듯했다.

그리고 네 번째 배리어.

타로스가 눈썹을 꿈틀거렸다.

이번에도 접근하지 않는다면 이제 초공간 이동만을 사용하여 뒤쫓아야 한다. 블랭크가 아닌 육체의 이동만으로는 결코 놈을 쫓을 수 없다.

남아 있는 마력은 100이 조금 넘는다.

이후의 상황을 대비하고 있던 상황에서 혼 스피릿이 빠르게 접근하였다.

─파하하! 별것 아니로구나! 지독한 인연이여, 여기서 끝내자.

타로스는 거리를 쟀다.

'50, 40, 30, 20······. 10.'

쿠아아아앙!

오색의 찬연한 빛이 타로스의 손에서 쏟아졌다. 어마어마한 충격이 혼 스피릿을 관통하였다.

뭔가 심상치 않음을 느낀 혼 스피릿이 바로 영체화를 시도하였고, 또 성공하였다.

그러나 타로스의 파워드 킬은 모든 자연의 법칙을 무시한다. 혼 스피릿이 영체라고 하여도 피해갈 수 없었다.

스아아아!

폭음과 함께 혼 스피릿의 영체가 점점 사라지기 시작했다.

─뭐, 이런······!?

놈은 발버둥을 쳤다.

지상계의 존재 중에서 그를 죽일 수 있는 자는 거의 없었다.

항마력이 아무리 강력한 물건이라고 해도 지금의 혼 스

피릿을 죽이기는 불가능하다고 여겼다.

그렇기에 지독한 악연을 끊으려 했다.

－나는 지옥의 왕이 되어야 할 몸이다! 끄아아아악!

퍼석.

마침내 혼 스피릿이 소멸했다.

마력이 거의 고갈되자 속이 울렁거렸다.

"폐하!"

"괜찮으십니까!?"

"괜찮아!?"

제후들과 기사들, 그리고 대장로와 부족장, 전사들이 달려왔다.

타로스는 숨을 깊게 들이쉬었다.

"하던 이야기를 계속하도록 하지."

바바는 아직도 제국 황제의 전투가 과연 인간의 것인지 헷갈렸다.

도저히 눈으로는 쫓아갈 수 없는 공간의 이동과 지옥의 화염을 그대로 맞는 모습이 뇌리에 선했다.

그리고 단 한 방.

인간 황제는 어둠의 존재가 다가오기를 기다렸다가 그대로 날려 버렸다.

'정말로 악마가 존재했었다니.'

그저 지금까지는 저주로 생각했다. 혈맥에 관련된 저주에 걸려 대대로 원기가 빨리는 것이라고.

제사를 지냄으로써 부족이 무너지지 않고 있는 것이었으며, 빨리 늙어 죽는 것을 숙명으로 여겼다.

그러나 부족의 저주에는 악마가 관여하고 있었다.

놈은 오늘 처음 육체를 드러냈으며 소멸 당했다.

저벅저벅.

인간의 황제는 천천히 아까의 자리로 이동하고 있었다.

그 뒤를 따르는 사람들의 자세는 공손하였다.

도대체 아까 그것은 어떤 힘이 작용한 걸까?

완전히 자연의 법칙을 무시한 공격으로 보였다.

자리에 앉은 인간 황제는 무심하게 술잔을 들었다.

"저주는 끝났다."

"와아아아!"

바바는 자신도 모르게 만세를 외치고 있었다.

그래, 이 남자라면.

악마의 존재가 증명하였듯 선조의 동료인 인간의 황제라면 부족 전체를 지켜 줄 수 있지 않을까 하는 기대를 가졌다.

점점 마력이 차오르는 것이 느껴졌다.

방금 전에는 정말 위험했었다.

타로스는 마력의 양을 확인했다.

'54'

마지막 공격이 실패하였다면 그는 살아남을 수 없었다. 아마 이곳에 존재하는 모든 인간들이 죽음을 맞이하였을 것이다.

어쨌거나 이것으로 타로스는 과거의 악연을 끊어 냈다.

부족의 사람들은 매우 공손해졌다.

도저히 인간이 아닌 전투를 보았으니 타로스가 규격 외의 존재로 보였을 것이다. 게다가 선조의 옛 동료라는 것이 악마의 입에서 튀어나왔으니, 지금까지의 이야기를 증명한 셈이기도 했다.

타로스가 속인 것은 단 하나다.

가브엘과 함께 싸운 것은 맞지만 단순한 동료였다는 것. 깊은 우정을 나누지는 않았다.

타로스의 입장에서 보면 그것은 큰 차이였지만, 이들에게는 크게 중요한 문제는 아닌 것 같았다.

"미안. 내가 의심해서."

"의심이라."

"인간이 400년 이상 살았다는데 믿을 수가 없었어."

부족장 바바는 솔직하게 고개를 숙였다.

하긴.

타로스가 바바의 입장이라고 해도 믿기 어려웠을 것이다.

제국 내에서나 타로스가 불멸의 왕으로 통하지, 가까운 이웃 국가에만 나가도 그것은 그저 정치적인 술수라고만 여길 뿐이었으니.

우둑! 우두두둑!

"음?"

모두가 마유주를 한 순배 돌리고 있을 때였다.

어둠의 기운이 흩어지고 원기가 사방으로 충만하게 퍼지자, 겉늙어 어마어마한 노안을 가지고 있던 부족민들의 얼굴이 젊어지기 시작했다.

실시간으로 나이를 회복하는 것은 매우 진귀한 광경이었다.

대장로의 굽었던 등이 펴졌고, 머리칼은 검게 변하기 시작하였으며, 쭈글쭈글한 피부도 탱탱해졌다.

바바도 마찬가지였다.

이마의 주름과 희끗한 머리칼이 검게 변했다.

바바는 급하게 거울을 꺼냈다.

"안 돼!"

"……."

바바는 진심으로 괴로워하고 있었다.

젊어지는 것에 대해, 만만하게 보이게 되었으며 못생겨졌다고 한탄했다.

"아, 이런 내 잘생긴 얼굴이!"

문제는 이런 비통함이 부족 전체를 아우르고 있다는 점이다.

아마도 이것은 부족 전체가 가진 자기 위로가 발전하여 미의 기준을 바꾸어 놓은 것으로 보인다.

빠르게 늙는다고 자괴하는 것보다는 훨씬 나았으니까.

"으아아아아!"

"정신 차려라. 폐하의 앞이다."

"이럴 수가……. 내 잘생긴 얼굴이 이렇게 변하다니."

젊어진 바바의 모습은 매우 핸섬한 바바리안을 연상케 하였다. 바바는 이런 얼굴이 예전에는 콤플렉스였던 모양이다.

부족 전체의 분위기가 약간 침통해졌다.

하지만 타로스는 할 말을 했다.

이제 곧 제국으로 돌아가야 했고, 시간이 남아도는 것은 아니었으므로.

"그 징표는 원래 짐의 것이었으니 가져가겠다."

"아, 예. 물론이죠."

젊어진 대장로는 순순히 유목민의 징표를 건네줬다.

타로스는 그것을 목에 걸었다.

이 유물은 민첩을 무려 30이나 올려 준다. 착용하자마자 몸이 말도 못하게 가벼워지는 것이 느껴졌다.

원하는 것은 모두 얻었다.

이제 이들의 의사를 물어야 한다.

"대사막에서 계속 살 것이 아니라면 제국으로 오거라."

§ § §

호루루 부족 족장의 막사.

바바는 근 1년 만에 부족 회의를 선언했다.

부족 회의는 부족 전체가 근거지를 옮기거나 재난이 발생하거나 전쟁이 발생하였을 때 소집이 되었는데, 최근 들어서는 이렇다 할 안건이 없어 부족 회의가 구성된 적이 없었다.

이들 부족은 원래 소규모 부족의 연합체였지만, 저주에 잠식이 된 후에는 한 몸처럼 움직였고, 역대 부족장들은 그다지 권위를 내세우지 않게 되었다.

본래 바바의 명칭은 대족장이다.

오랜만에 소집된 부족 회의에서 바바는 잔뜩 인상을 썼다.

"제기랄. 전혀 권위가 서지 않는데."

"대족장, 젊어지니 좋지 않소?"

"이 자리에 어울리는 얼굴이라는 거지."

"잘 어울리오."

"본인도 그렇게 생각을 하나?"

"크흠, 그건."

원켄 족장은 인상을 썼다.

저주가 풀리면서 수명이 연장되었다는 것은 분명 좋은 현상이었지만, 이들이 가진 미의 기준이 다르기에 다들 적응이 되지 않았다.

어쨌든.

간만에 부족 회의가 소집되었으니 의제를 발의해야 한다.

"제국의 황제가 귀부를 제안하였다. 조건은 내가 준남작이 되어 자치를 보장받는 것이지."

"자치라 함은."

"황제가 하사하는 땅에서 정착하여 세금과 공물을 바치고 필요할 때에 군사력을 내놓는 것. 그게 뭐라더라? 봉신 계약이라더군."

"봉신 계약이라……."

호루루 부족은 대사막을 떠돈 지 오래되었지만 역사를 중요하게 생각하는 만큼이나 제국에 대해서도 제법 잘 알고 있었다.

다만, 그게 400년이나 지난 내용이라 그렇지 봉신 계약에 대해서는 자세하게 서술되어 있었다.

원켄이 말했다.

"봉신 계약을 지키지 못하면 어떻게 되는 거요?"

"황제가 군대를 동원하여 쓸어버린다던데."

"그거 너무 위험해 보이는데?"

"다만 어떤 문제가 발생하였을 때, 황제가 나서서 처리해 준다고 하더군. 여의치 않으면 다른 제후를 시키거나."

"그냥 가지 맙시다. 지금까지 잘 살았는데, 뭘."

"맞습니다. 뭘 제국까지 가서 굽힐 일이 있다고."

웅성웅성.

장내가 술렁거렸다.

수백 년이나 대사막에서 자리를 잡아 온 유목 민족들은 자신들의 역사와 생활 양식에 대해 자부심이 있었다.

갑자기 정든 땅을 떠나야 한다는 것은 쉬운 결정이 아니다.

그때, 족히 40년은 젊어진 대장로 가렘이 발의했다.

"그렇다고 해서 계속해서 대사막을 떠돌 수는 없는 노릇이네. 지금까지 우리가 무사할 수 있었던 이유는 아이러니하게도 대악마의 저주 때문이었지. 물론 저주가 풀림으로 인하여 생명 연장을 할 수 있게 됐지만, 대사막의 거센 몬스터들을 매일 상대하다가는 몇 년 안에 부족이 전멸할걸세."

대족장의 눈에서는 정기가 흘렀다.

얼마 전까지만 해도 다 죽어 가던 노인네라고는 볼 수

없을 정도의 변화였다.

현존하는 최고령자, 또한 부족의 역사는 물론 여러 가지 학문에 통달한 대장로의 말은 무시할 수 있는 것이 아니었다.

바바는 머리를 벅벅 긁었다.

"그래서 뭘 어쩌자고?"

"떠나야지. 추후 다시 돌아온다는 확답을 받고."

"다시 돌아온다?"

"제국에서 대사막을 정벌하여 실크 로드를 개척한다고 하더군. 그리된다면, 우리 땅으로 다시 돌아올 수 있지."

"그때에도 봉신 계약은 계속 유지하고?"

"그들의 도움을 받을 수 있는 한 계약은 유지되어야 하네, 대족장."

"끄응, 그 괴물 같은 황제 휘하로 들어간다니. 심지어 나를 두들겨 팬 그란달이라는 자는 제국에서 최약체 제후라고 하던데?"

"그러니 더더욱 가야지. 그런 괴물들을 다스리는 황제의 밑이라면 최소한 침략당하거나 몬스터의 습격으로 죽을 일은 없겠지."

부족의 수뇌부는 대장로에게 설득되었다.

도저히 이 대사막은 자력으로 생존하기가 어려운 곳이라는 점, 그리고 풍부한 물산이 존재하는 제국에 의지한다면 더 이상 떠돌지 않고 정착을 해도 된다는 점들이 장점으로 고려되었다.

마지막으로.

툴툴거리고 있던 바바의 입꼬리가 슬쩍 치켜 올라갔다.

부족을 위한 이 거국적인 결단은 바바가 은근히 바랐던 일이었으므로.

타로스 일행은 대사막을 벗어날 준비를 했다.

원래대로라면 12월까지 정벌을 마치고 돌아갔어야 하는데, 조금 더 시간이 지체되어 1월 초까지 이곳에 머물게 되었다.

환궁을 마치고 나면 1월 말에서 2월 초는 될 것이다. 곧바로 정무에 복귀한다고 해도 완벽하게 전쟁 준비를 할지 알 수 없었다.

그러니 서둘러야 한다.

"폐하, 황제!"

바바가 어설픈 제국어를 들이대며 달려왔다.

한 기사가 인상을 썼다.

"황제 폐하이시다."

"아무튼. 그게 중요한 건 아니고."

"그래, 무슨 일인가?"

기사들이 역정을 내려 하였지만 타로스가 손을 들어 제

지했다.

사실 그에게 있어 호루루 부족을 데려가든 데려가지 않든 크게 상관은 없었다.

길잡이가 필요해서 데려가려 하는 것이었는데, 정 안 되면 그냥 막대한 군사력을 동원하여 대사막을 밀어 버리면 되었다.

그렇다고 해도.

호루루 부족이 있다면 오아시스를 찾아 도시를 건설하는 작업도 쉬워질 것이다. 대사막을 개발하는데 꽤 도움이 될 것은 지명했다.

"우리도 간다."

"결정이 내려졌나."

"나중에 우리가 대사막으로 돌아올 수 있는 조건이라면 간다."

"허한다."

"좋아! 그럼 좀 기다려! 내일 아침에 가자고."

타로스는 고개를 끄덕였다.

다만, 그란달은 한 가지를 정확하게 짚고 넘어가고자 했다.

"폐하께 예를 다하고 그 말투부터 바꾸도록 노력해라. 제국으로 간다면 제국의 법을 따라야 하는 것이지."

"흥! 그걸 누가 몰라?"

"그러니까! 노력하라고."

"노오오력? 그거, 한다."

"이 썩을 놈이? 그리고 나 역시 네놈의 상급자다!"

"아, 그래서?"

"아오, 이걸 그냥."

타로스는 그들을 바라보며 피식 웃었다.

"둘이 붙여 놓으면 재미나겠는데."

그날 저녁.

호루루 부족이 제국에 입조하기로 결정했고, 작위 수여식이 진행됐다.

비록 지금의 상황이 열악하고 예식에 필요한 최소한의 물건들도 구비되지 않았다지만, 황제가 있음으로써 모든 것은 인정된다.

문장도 발행이 될 것이고, 거기에 황제의 인장만 들어가면 공식적으로 바바는 준남작으로 인정될 것이다.

그 직위는 제후가 아닌 준제후다. 제후라고 보기에는 너무 열악한 군대였으니까. 인구도 1만에 불과하였기에 이 정도면 나름 제국에서도 많은 배려를 해 준 것이다.

저벅저벅.

깨끗한 옷을 입은 바바가 다소 어설픈 걸음으로 타로스에게 걸어왔다.

그는 임시로 만들어진 황좌 앞에서 무릎을 꿇었다.

"황제, 만세!"

"끄응."

기사들은 여전히 못마땅하다는 표정이었지만, 실크 로드 개척에 그들이 필요하다는 것에는 동의하였기에 간신히 화를 억누르고 있었다. 게다가 저들은 야만인에 가까운 족속이니, 제국어를 구사하는 것만 해도 감지덕지한 일이다.

타로스가 예검을 뽑아 바바의 왼쪽 어깨에 짚었다.

"경은 제국에 충성하며 제국의 법을 준수하겠는가?"

"어……. 예."

"그대는 약자를 보호하고 상호 위계질서를 지키겠다고 약조하겠는가?"

"예."

"그대는 봉신 계약에 따라 왕이 허가한 영토에서 세금을 걷고, 그 땅을 다스릴 권리를 얻는다. 그 대가로 중앙세와 공물, 전쟁 시 군사력을 제공할 것이며, 이 계약이 깨어질 경우 처벌받음을 인지하였는가?"

"예."

"그대에게 사막의 경계 호루루로 명명한 지역을 내리며, 바바 호루루 준남작에 봉한다."

타로스는 가볍게 오른쪽 어깨도 예검으로 두드렸다.

쿵! 쿵! 쿵!

예법에 따라 바바는 머리를 바닥에 세 번 찧었다.

얼마나 강하게 찧었는지 이마에서 피가 흘러내렸다.

그 모습을 보며 기사들은 한숨을 내쉬었지만, 그란달은 다른 의미로 놀랐다.

"폐, 폐하. 신의 영지 주변에 호루루 부족이 들어온다고요?"

"그런데?"

"아, 아닙니다. 그냥 좀 놀라서……."

"경들은 죽이 잘 맞지. 이웃끼리 잘해 봐라."

"……."

그란달은 간신히 허리를 굽혀 복종하였지만, 자신도 모르게 인상이 찌그러졌다.

대사막 중심부를 넘어 서쪽으로 2주일째 이동했다.

아무래도 호루루 부족 전체가 이동하는 것이었기에 살림살이들도 만만치가 않았고 어마어마한 숫자의 가축들 때문에 이동하는데 애를 먹었다.

비록 이 때문에 조금 더 환궁이 늦어지고 있었지만, 타로스는 개의치 않았다.

정무를 봐야 한다는 압박은 있었지만, 재상부에서 어느 정도는 알아서 처리해 줄 것이라 믿고 있었기 때문이다.

두두두두!

사막에 특화된 사막마 몇 기가 달려왔다.

그들은 호루루 부족 전사들로, 이번에 타로스에게 충성을 맹세하였다.

2주일 동안 부족원들은 대현자 그랑카인에게 제국어를 교육받았고, 그 덕분에 그럭저럭 제국 예법에 대해서도 어느 정도 알게 되었고, 발음도 좋아졌다.

"충!"

척후병은 제국식으로 군례를 취한 후에 외쳤다.

"폐하께 보고 드립니다! 전방 500미터 거리에 리자드맨 둥지가 있습니다!"

"리자드맨 둥지라. 숫자는?"

"대략 300마리로 추산됩니다!"

타로스는 바바 준남작에게 고개를 돌렸다.

"경의 전사들을 동원하도록."

"맡겨 주십쇼! 그런 놈들이야 순식간에 아작 낼 테니!"

"철저하게 그대들의 전통 사냥 방식으로 잡아야 한다."

"존멍!"

빠아악!

"쾍!"

가만히 듣고 있던 그란달 남작이 바바의 뒤통수를 쳤다.

"존명이라고, 존명! 이 새끼가 머리는 장식인가."

"아프다!"

"아프라고 때리는 건데?"

"둘 다 그만하고, 출병해라."

"쳇."

잔뜩 뿔이 난 바바가 군대를 소집했다.

그 모습을 보던 그랑카인이 허허 웃었다.

"참으로 야생마 같은 자들이로군요."

"원래 야생마가 길들이기 어렵지."

"아오, 저건 야생마 수준이 아니라 저능아 아닙니까?"

그란달이 눈살을 찌푸렸다.

아마 저들과 이웃으로 살 생각을 하니 앞길이 막막할 것이다.

"잘 봐 둬라. 저들이 어떤 식의 전략을 구사하는지, 병력은 어떻게 운용하는지 말이다."

타로스의 기억이 틀리지 않았다면 그들이 사용하는 전술의 대부분은 한때 세계 전체를 떨어 울게 하였던 몽골군에게서 왔다.

개발 당시 타로스는 역사에 깊게 심취한 직원에게 대충 호루루 부족의 설정을 맡겼는데, 아주 자세하게 전술을 가미하여 괴물 같은 군대를 탄생시켰다.

비록 그들의 전사들이 천 명에 불과하여 별다른 힘을

쓰지 못하였지만, 병력이 2만 정도만 되었어도 제국을 휩쓸고도 남았을 것이다.

곧 일천의 병력이 리자드맨을 향하여 쇄도해 들어갔다.

화살 세례와 선회 전술, 위장 후퇴, 교란을 활용한 비비안 전술까지. 심리를 꿰뚫은 기만전술이 순식간에 리자드맨 부족을 전멸시켰다.

사망자, 부상자는 발생하지 않았다.

그들의 전략 전술을 지켜 본 기사들이나 제후들, 심지어 그랑카인 후작까지.

다들 눈을 비비고 이게 꿈인지 현실인지 분간을 못 했다.

한눈에도 기병으로 사용될 수 있는 전술의 끝이 보이고 있었기 때문이다.

"로빈슨 자작, 어떤가? 제국 군사 교본에 추가할 수 있겠나?"

"예? 예! 저들의 움직임을 규격화하여 적용할 수 있다면……. 제국의 기병 운용은 차원을 달리하게 될 것입니다."

"그래, 이것이 바로 저들을 짐의 휘하에 두는 두 번째 이유이다."

제3장
사라진 아이들

1월 중순, 그란달 영지.

안정적으로 대사막 정벌이 끝났으며, 레벨은 50대 중반까지 올렸다.

또한 신화들과 유물들을 습득하기도 하였으며, 여러 귀족들의 충성까지 받아 냈다.

제도에서 출발하여 여기까지 원정을 오면서 황권의 강화, 신체의 강화, 세력 강화까지 여러 가지 이익을 취하였으니, 상당한 이익이라 할 수 있었다.

여기서 제도까지 전속력으로 달리면 1월 말은 될 것이었으므로, 타로스는 황궁에 연락을 취하여 간략하게 궁정 귀족들의 보고를 듣기로 했다.

마법 통신실에서는 몇 개의 수정구에서 빛이 나고 있었

고, 그 안에서는 재상 라터스 후작을 비롯하여 병무대신 로무스 백작, 내수사 마이너 백작, 법무대신 할란 백작 등이 참여했다.

비록 원격이지만 황제를 알현한 귀족들은 무릎을 꿇고 머리를 조아렸다.

-황제 폐하 만세!

-만세!

"평신."

궁정 귀족들은 허리를 펴고 자리에 앉았다.

그들의 표정은 매우 고무적이었다.

원정 기간 동안 타로스가 이루어 온 업적은 도저히 믿기지 않을 정도였기 때문이다.

-성공적인 원정을 감축 드리옵니다!

-폐하의 은혜로 만백성이 평안하며 생업에 종사하고 있사옵니다.

-드래곤을 비롯해 여러 제국의 위협들을 제거하여 제후들은 반란의 기미조차 보이지 않고 있사옵니다.

"그런가."

-실로 대단한 성과였습니다. 이대로라면 전쟁 이후에 정계에 대대적인 개편이 있을 줄로 아옵니다. 물론 매우 긍정적으로 황권이 강화될 것 같사옵니다.

"황권의 강화는 예정된 일이었지. 그리 흥분할 것 없다."

타로스는 공치사는 그만 듣고 실질적인 보고를 원했다.

제후들에 비하여 황제와 부딪쳐 온 세월이 길었던 궁정 귀족들은 바로 타로스의 의도를 눈치챘다.

먼저 재상부의 보고가 이어진다.

—작년 제국의 총생산량은 밀 200만 포대, 잡곡 150만 포대로 재작년에 비하여 50%가 감소하였습니다. 그러나 저희 중앙 정부에서 대량의 자금을 풀어 식량을 수입하고, 그럭저럭 기근은 넘긴 것으로 평가되옵니다.

"아사자는 얼마나 나왔나?"

—아사자는 전체 인구의 1% 수준으로 평작에 비하여 다소 높은 수준이나 재작년에 비할 바는 아닌 줄로 아뢰옵니다. 인구의 자연 증가율도 있으니 폐하께서 걱정하실 만한 사안은 아니옵니다.

"그렇게 노력하였음에도 1%나 인구가 아사하였는가."

—황공하옵니다.

중세라는 배경을 가진 이 시대의 한계였다.

아사자의 문제는 대풍이 들어도 극복할 수 없었다.

그나마 작년에는 중앙 정부에서 대량의 자금을 풀었고, 인플레이션이 일어나지 않도록 해외 물자 수입에 열을 올리는 등 재상부에서 적극적으로 나섰기에 타격이 크지 않은 것이다.

전쟁까지 준비하고 있는 마당에 대미지 컨트롤을 하였

다는 것은 재상부의 능력을 입증한 것이었다.

"재정에는 문제가 없나?"

– '일단' 은 문제가 없사옵니다.

"일단이라. 문제가 있긴 하다는 거로군."

–아뢰옵기 황공하오나 아무리 재정을 풀어도 모든 문제를 해결할 수는 없사옵니다. 더욱이 다시 황실의 채무는 2,500%까지 치솟았고, 전쟁 준비가 완료되면 3,000% 수준에 달할 것으로 전망됩니다. 전쟁에서 채무를 정리하지 못한다면 여러 가지 문제들이 발생할 것으로 보이옵니다.

"그래, 그럴 테지."

썩 긍정적이지 않은 보고였으나 타로스는 크게 걱정하지 않았다.

제국은 전투적인 민족이다. 강함을 숭상하며 군대의 전체적인 질이 타국은 쫓아오지 못하는 수준이었다.

율리우스 왕국을 완전히 병탄하고 나면 수많은 노예들이 수급될 것이며, 왕실과 귀족들을 털어 나오는 전리품 등으로 재정 적자를 채우면 된다.

병무대신 로무스가 발언했다.

–금번, 중앙군이 10만이나 빠져나가게 되면 소요 사태가 일어날 수도 있으므로 칙령에 따라 5만의 신병을 모병하였사옵니다. 이에 훈련 중이며, 병력을 무장시킬 수 있

는 물자들은 꾸준히 들여오고 있습니다.

"전쟁 전까지 무장이 끝나겠나?"

—최선의 노력을 기울이고 있사옵니다.

"모병에 여러 가지 문제들이 있었겠군."

—예, 수도의 물가가 30% 정도 상승하였으며, 전쟁 물자들은 품귀 현상을 보이고 있사옵니다.

"30%면 양호한 수준이 아닌가."

—전쟁이라는 특수성을 감안하면 상당히 완만한 형태입니다. 최대한 제국 내의 물자들을 징발하지 않고 해외 수입에 의존하고 있으므로 이 정도에 그쳤사옵니다. 다만 그러다 보니 각국의 상단들이 이 특수를 노리고 큰 이문을 남기는지라 재정 출혈이 심화되고 있습니다.

"어쩔 수 없는 일이지. 최대 3,500%까지 채무를 늘려도 상관없다. 그에 맞춰 전쟁 물자를 준비하라."

—존명!

타로스는 전쟁에 관련된 몇 가지를 지시하였다.

가능하면 황궁으로 돌아가 명령을 내리려 하였지만, 생각보다 대사막 원정이 길어져 원격으로라도 처리할 일은 해야 했다.

중앙 집권이 된다는 것은 황제의 할 일이 늘어난다는 것을 뜻한다. 점점 타로스가 결정해야 할 일이 많아질 것이다.

그 말은 앞으로 정무에만 집중해야 할 일이 많아진다는 것을 뜻하기도 했다.

물론 타로스는 여전히 태업과 각성 중간의 포지션을 유지하였기에 그에 대한 대책도 줄줄이 나왔다.

"전시 행정부를 운용하고 관료들을 대거 선발하도록 하라. 아카데미 3년생부터 수습으로 들여 실무에 투입하라."

─오오!

궁정 귀족들의 얼굴이 조금 펴졌다.

말은 하지 않아도 지금 궁정은 전시 체제로 운용되고 있었으며, 그 업무량이 말도 못 했다.

황제가 아카데미 학생들을 수습으로 쓸 것을 윤허하였으니, 잡다한 업무들은 대폭 줄어들 것이다.

이는 궁정 귀족들을 위하는 일이기도 했지만, 타로스 본인의 일거리를 줄이기 위함이기도 했다.

"다른 특이 사항은?"

─그것이⋯⋯.

"말해라. 다소 민감한 사안이라도 상관없다."

─그렇다면 신이 말씀을 드리겠습니다.

어사대장 라팅 자작이 나섰다.

제국 내부를 감찰하는 기관인 어사대에서 발의하는 일이라면 조금 민감한 내용이 나올 수도 있음을 타로스는 짐작했다.

　-제국 남동부 지역에서 아이들이 사라지고 있습니다.

　"아이들이?"

　다소 정무와는 관계가 없는 내용이 튀어나왔다.

　아이들이 실종되는 일이야 중세 시대에는 종종 일어나는 일이다.

　실족사도 많았고, 치안도 현대적인 수준이 아니어서 생각보다 많은 아이들이 죽어 나갔다. 더욱이 이곳 세계관에는 몬스터가 실제로 활보하는 세상이다. 아이들은 더욱 조심을 해서 키워 나가는 수밖에는 대안이 없었다.

　이런 이야기를 어사대장이 하는 이유가 무엇일까.

　-하루에도 수백 명씩 사라지고 있는 터라 저희 어사대에서 조사를 진행했었습니다.

　"그런데?"

　-많은 아이들이 다이온 공국으로 사라졌다는 흔적을 발견했습니다.

　"다이온 공국이 지금과 같은 상황에서 아이들을 끌고 갔다? 미치지 않고서야 가능한 일인가."

　-매우 조심스럽게 행하고 있는 줄로 아옵니다. 이마저도 어사들이 목숨을 걸고 추격한 결과물이며 간신히 정보를 빼냈습니다.

　톡. 톡. 톡.

타로스는 검지로 테이블을 두드렸다.

이는 황제가 생각에 빠질 때의 습관이었으므로 궁정 귀족들은 일제히 숨을 죽였다.

황제가 나서게 된다면 일은 매우 심각해질 우려가 있었다.

제국의 백성이 타국으로 사라졌다. 이는 일을 키우기에 따라 전쟁으로까지 발전할 수 있는 상황이다.

문제는 올해 봄에 대전쟁이 예정되어 있다는 것.

황제는 어떤 판단을 내릴 것인가.

"제국을 좀먹는 벌레 같은 것들. 감히 제국의 백성을, 그것도 다음 세대를 책임져야 할 어린 백성들을 공국에서 잡아가고 있다는 뜻이군."

―그렇사옵니다.

"다이온 공국에 선전 포고문을 보내고, 중앙군 2만을 라탄 변경백령으로 급파하라. 짐이 직접 그 죄를 물을 것이다."

―……!

궁정 귀족들은 황제의 결정에 꽤나 놀랐다.

제국을 책임지는 수장으로서 백성의 유출, 그것도 어린아이들이 사라지고 있다는 것은 충분히 분노할 수 있는 일이다.

하지만 대전쟁이 예정되어 있는 상황에 황제가 직접 움

직일 거라고는 예상치 못했다.

"라탄 변경백에게도 공문을 보내 병력을 준비하라 일러
라."

ㅡ존명!

상황이 좋지 않았지만 황제의 명령은 지엄한 법.

칙령에 따라 제국이 움직이기 시작했다.

마령회의 준동.

포비아 킹덤의 두 번째 강제 이벤트가 시작되려 하고
있었다.

처음 아이들이 사라지고 있다는 이야기를 들었을 때,
타로스는 도대체 그 이유가 무엇인지 알지 못했다.

하지만 아이들이 그냥 하늘로 솟구친 것이 아니라 다이
온 공국으로 사라진 흔적을 발견했다는 말을 들었을 때,
이것이 단순한 실종이 아니라는 사실을 깨달았다.

마령회는 마왕을 부활시키고자 하는 자들의 모임이다.

배후에는 다이온 공국이 있었으며, 제국으로 국토를 넓
히고자 하는 전략에 마계 세력을 끌어들였다고 보면 된
다.

정치, 종교가 복잡하게 얽혀 있는 이벤트.

원작 스토리에서는 소식을 듣자마자 타로스 황제가 소
수의 군대를 이끌고 들어가 모조리 박살을 내 버렸다.

마령회는 완전히 뿌리 뽑혔고, 다이온 공국은 그 자리에서 소멸했으며, 모든 국민들은 노예가 됐다.

타로스는 공국의 모든 백성들을 죽이거나 노예로 삼을 생각은 아니었지만 그래도 이 문제는 해결하고 넘어가야 한다.

방치하면 제국의 존립 자체가 위협받을 것이다. 직접 움직이려는 이유도 이 때문이었다.

다만, 이번 이벤트의 보너스는 꽤 쓸 만했다.

공국이 가지고 있는 아이템 중에서는 마력을 저장하는 아이템이 있다.

무려 2,000이나 되는 마력을 저장할 수 있었고 지금의 타로스에게는 상당한 도움이 될 것이 확실했다. 당연히 그 등급은 유물이다.

원작의 타로스라면 코웃음을 쳤을 유물이지만, 게임 초반에 해당하는 지금의 타로스에게는 한줄기 빛과 같았다.

이익은 여기서 그치지 않는다. 제국군이 공국을 털어냄으로 인하여 대전쟁에 필요한 물자와 자금을 상당 부분 충당할 수 있었다.

그란달 남작의 집무실에서 제후들과 기사들은 회의를 열었다. 그들은 타로스의 이야기를 듣자마자 분노했다.

"감히 제국의 백성을, 그것도 아이들을 잡아갔다는 말씀입니까!?"

"그렇다."

"간이 배 밖으로 나오다 못해 정신 이상이 온 모양이옵니다. 감히 다이온 공국 따위가 이런 짓을 벌이다니요!"

그란달 남작은 당장 군대를 몰고 쳐들어갈 기세였다.

이런저런 정치적인 문제를 떠나서라도 제국의 아이들이 공국으로 끌려갔다는 것에 대해 분노하는 것은 정상적인 사고방식을 가진 사람이라면 모두가 마찬가지였다.

타로스는 좌중을 한 번 쓱 훑었다.

"하여, 짐은 직접 군대를 몰아 그들을 징치하려 한다. 따라나설 자는 나서도록 하라."

"무조건 가겠사옵니다! 아니, 참전을 윤허해 주십시오!"

"저도 가겠습니다!"

"그런 빌어먹을 것들은 내장을 발라 버려야지. 우리도 간다. 아니, 갑니다!"

제후들이 일치단결했다.

§ § §

황제의 공식적인 행차.

제국의 아이들이 사라졌다는 보고를 받은 황제는 대사막을 정벌하자마자 빠르게 동쪽으로 이동하고 있었다.

황궁에서는 남동부 국경까지 이어지는 경로의 모든 영

주들에게 공문을 내려 황제의 행차를 보소하라 명령했다.

라탄 변경백과 인접하고 있는 가비드 자작령으로도 공문이 내려왔고, 이에 놀란 가비드 자작은 곧바로 가신단을 소집했다.

"폐하께서 본 영지에 방문하신다는 말씀입니까!?"

"그렇다네."

"혹시 폐하께서 다이온 공국을 아예 정벌해 버리시려는 것은……."

"아마도 맞을 게야. 중앙군 2만을 급파하고 황실 마법사단의 반을 동원하셨으며, 2개 기사단에 출격 명령을 내리셨네."

"허."

어마어마한 전력이었다.

군대가 만 단위로 지금 시기에 움직인다는 것은 황제의 분노가 얼마나 큰지 보여 주는 행보였다.

명분이 워낙 확실했다.

제국의 백성들을, 그것도 아이들을 끌고 가는 것에 분노를 감추지 못한 것.

이번 원정으로 인하여 황실이 지는 재정적인 부담이 꽤 클 것으로 예상되었지만 그럼에도 불구하고 선전 포고를 감행했다.

분노하는 것은 황제뿐만이 아니었다. 제국 전체가 들끓

고 있었다.

황제가 직접 움직이지 않고 제후들에게 자율적으로 맡겼다면 당장 내년의 전쟁을 접고 공국으로 달려가 살아 있는 모든 것을 죽였을지 몰랐다.

황제는 가비드 자작에게도 군대를 동원하라 '권고'했다. 어디까지나 자율에 맡긴다는 뜻이다.

그는 소식을 듣자마자 결심이 선 상태였다.

"우리도 간다."

"영주님! 그건 무리입니다."

"어째서?"

"흉년에 세금 개편과 자체적인 세금의 인하까지. 그렇지 않아도 영지 전체가 휘청거릴 지경입니다. 여기서 군대를 움직이면 재정 적자가 늘어나고, 영지 내 인플레이션이 말도 못 할 겁니다."

재무대신 가론 남작이 바로 반박했다.

여러 가신들도 마찬가지였다.

"저희도 매우 안타까운 일이라고 생각합니다. 하지만 영주님, 미래를 생각하셔야죠. 영지가 망가지고 있습니다."

쾅!

"그럼 제국의 백성들이 사라지는 것을 두고 보고만 있으라고!? 얼마 전 우리 영지에도 비슷한 일이 있었지 않나."

"그것은······."

"내가 모를 줄 알았나?"

곧 대전쟁이 도래하기에 사소한 일들은 그냥 묻어 두었다. 그러나 그 원흉이 제국 내부 소행도 아니고 외국이었다.

다이온 공국이 움직였으며 지금과 같은 시기를 노렸다는 것은 그만큼 자신이 있다는 뜻이기도 했다.

어쩌면 일은 좀 더 심각할지 모른다.

"경들의 머리는 장식인가? 조금만 깊게 생각을 해 보라. 분명히 제국은 전쟁 준비 단계에 돌입해 있다. 이런 상황에서 제국을 건드는 행위는 그 칼날이 본인들에게 향할 수도 있음을 인지한 것이다. 제국을 격파할 수 있다는 자신감이 없고서야 할 수 없는 일이지."

"그것은."

듣고 보니 심각한 상황이었다.

제국을 건들면 바로 그 칼날은 율리우스가 아니라 다이온 공국으로 향한다. 그런 기본적인 상식을 모를 리가 없음에도 불구하고 일을 벌였다.

뭔가 냄새가 났다.

"막지 못한다면 우리 영지도 막대한 피해가 발생할 것이 뻔하다. 우리 대에서 가문의 영광을 끝낼 것인가."

"······."

누구도 제대로 대답할 수 없었다. 미래를 생각하면 영주의 말이 백 번 옳았기 때문이다.

가신들은 서둘러 고개를 숙였다.

여기서 발언을 잘못한다면 해당 가문이 몰살될 수 있음을 충분히 인지했다.

가비드 자작령.

타로스의 병력은 총 2만에 달했다.

분노한 그란달 남작은 5천의 병력을 동원했고, 신궁으로 불리는 란투스 자작도 바로 5천의 병력을 동원했다.

호루루 부족에서도 한계까지 병력을 쥐어짰고, 도중에 오렌 자작과 레몬 남작이 각각 병력을 이끌고 합류했다.

하필이면 어린아이들이 사라졌다는 소식에 각 영주들은 분노를 감추지 못하였다.

해당 지역에서 멀리 떨어져 있는 제후들도 필요에 따라 병력을 투입하겠다고 속속 공언을 하고 있는 와중에 다이온 공국은 바로 공식 성명을 발표했다.

자신들은 이번 사건과 무관하다는 것.

그러나 어사대에서는 분명한 증거들을 제시하였으며, 지금 이 순간에도 아이들이 계속해서 사라지고 있었기에 분노한 황제는 다이온 공국에 선전 포고를 날렸다.

이제 공국과의 전쟁은 필연적이다.

지금까지 제국에 공물을 잘 바치고 있던 다이온 공국이었지만, 도저히 이번 일은 넘어갈 수가 없었다.

황제는 최대한 빠르게 이동해 가비드 자작령에 닿았다.

"황제 폐하를 뵙사옵니다!"

타로스는 가비드 자작과 그 가신들을 마주했다.

그들의 뒤로 기사단과 5천의 병력이 대기하고 있었다.

이미 가비드 자작은 참전을 결심하고 병력을 모은 것이다.

"긴말 않겠다. 짐은 다이온 공국에 선전 포고하였고, 그들이 무너지지 않는 이상 결코 이 원정을 끝내지 않으리라 다짐하였노라. 경도 참전하겠나?"

"폐하! 신이 지금껏 중립을 표방하였으나 어디까지나 그것은 제국 내의 권력 다툼에 끼고 싶지 않았기 때문이옵니다. 그러나 이번 사건은 그 양상이 다르옵니다. 소신의 영지에서도 아이들이 사라지고 있었으며, 이는 제국의 미래를 무너뜨리려는 수작인 바, 결코 좌시할 수가 없나이다."

"그렇다면 따르라."

"폐하를 호종하겠나이다!"

타로스는 다시 남동부로 말을 내달렸다.

단 하루도 제대로 쉬어 가지 않았으며, 도중에 중앙군까지 가세하여 병력은 순식간에 5만으로 불어났다.

1월 말, 제국의 군대는 라탄 변경백령까지 겨우 이틀을 남겨 두고 있었다.

어쩌면 이번 사건으로 인하여 대전쟁이 조금 미루어질지도 몰랐지만, 황제는 전혀 개의치 않았다.

제국의 모든 제후들이 이번 사건에 집중하고 있었다.

지금까지 제국 내에서 권력 다툼을 벌이던 귀족들조차 외세의 압박에 모든 원한을 접고 대응키로 결의하였다.

이는 제국이 가진 가장 무서운 점이라 할 수 있었다.

외부에서 위협이 들어오면 내부에서 똘똘 뭉쳐 대응을 하는 것.

제국의 역사가 증명한 사실이다.

드래곤의 위협이 있었을 때에도, 해외의 많은 세력들이 연합하여 침입하였을 때에도 마찬가지였다.

영지전을 벌이다가도 외부에서 위협이 들어오면 곧바로 접고 내부에서 뭉쳤다.

그 중심에는 항상 황제가 있어 왔다.

이번에도 마찬가지였다.

군대가 이동할 때마다 제후들은 어느 정도의 병력과 군수 물자들을 제공하였다. 직접 참전한 제후들도 많았다.

해가 구름 사이로 어슴푸레 깔린 저녁.

5만에 달하는 군대는 너른 평야에 막사를 펴고 식사를 준비했다.

황제의 박사 앞으로 각 제후들이 몰려왔다.

"들지."

"황공하옵니다."

타로스는 술을 한 잔씩 돌렸다.

여기까지 오는 동안 황제에 대한 인식의 변화가 꽤 있었다.

비록 아직까지도 황제의 권태로움은 사라지지 않았지만, 각성을 하여 많은 부분에 관여하고 있음을 제후들도 알게 된 것이다.

다만, 야만족을 제후로 봉한 것에 대해서는 갑론을박이 있었는데, 이를 타로스는 완전히 정리하고자 했다.

"다들 여기 바바 호루루 준남작에 대해 궁금한 줄로 안다."

"그것은."

"빈말할 것 없다. 짐은 시간 낭비하는 것을 매우 싫어한다."

"솔직히 그렇사옵니다."

"내가 뭐 어때서?"

바바 준남작이 고개를 갸웃거렸다.

그러면서도 술을 동이째로 퍼마시는 게 전형적인 야만인의 모습이었다.

제후들은 지금이 전쟁 중이라는 사실을 인식했고, 그

때문에 술을 자제하는 모습을 보였지만, 바바는 아니었다.

술이 눈앞에 있으니 없애 버릴 듯했다. 고기도 어마어마한 속도로 뜯어 먹고 있었다.

"짐은 분명 대륙 일통을 천명하였지. 빈말인 줄 알았나."

"그럴 리가 있겠사옵니까? 폐하께서 칼을 뽑아 드셨으니 반드시 대륙은 정벌될 줄로 아옵니다."

오렌 자작의 말에 타로스는 피식 웃었다.

"그렇다면 정복하는 민족들마다 죄다 노예로 만들어야겠느냐."

"그것은."

"귀부하는 자들에게는 그만한 혜택을 주어야 한다. 애초에 포비아 제국도 단일 민족이 아니었느니라."

"……."

제국은 천 년에 이르는 역사를 가지고 있었다.

작은 왕국에서 시작하여 제국을 이룩하기까지, 수많은 민족과 왕국들이 병탄되었다. 그리고 지금의 제국이 되었다.

앞으로도 제국은 팽창해야 한다.

애초에 순혈주의가 아닌 까닭에 이민족이라고 하여 괄시할 이유는 없다.

"능력이 있으면 그만한 대우를 받는다. 여기 바바 준남작은 그만한 실력을 갖추고 있다. 또한 짐과 제국에 충성을 맹세하였으며, 준제후로서 전쟁에 참전했다. 이는 의무를 다하는 것일 터."

제후들은 깊게 머리를 숙였다.

300년을 살아온 황제보다 역사에 통달한 사람은 없다.

처음부터 황제가 태업을 일삼았던 것도 아니었고, 스스로가 친정을 하여 수많은 국가를 멸망시켰다.

그런 황제의 이야기였으니 반박할 여지도 없었다.

"제국의 미래는 각 문화의 통합이다. 이 점을 깊게 숙지하라."

"존명!"

라탄 변경백령.

타로스는 1월 말이 되어 제국 남동부 국경에 영지에 닿았다.

대사막에서 여기까지, 보름 만에 도착했다는 것은 그동안 얼마나 강행군을 하였는지 단적으로 보여 준 것이다.

그럼에도 병사들은 지치지 않았다.

제국의 아이들이 사라지고 있다는 사실에 그들 역시 분노한 것이다.

두두두두!

라탄 백작이 기사단을 이끌고 달려왔다.

황제의 공식적인 행차였으므로 기사단 전원과 3천의 병력이 사열하였다.

라탄 백작이 말에서 내려 군례를 취하였다.

"전 구–운!"

"추–웅!"

타로스는 군례를 취하여 화답했다.

"라탄 백작, 오랜만이다."

"황제 폐하를 뵙습니다! 여기까지 오시느라 노고가 많으셨습니다."

"노고라. 제국의 백성들이 사라지고 있는 이때에 이만한 행군을 어찌 노고라 하겠느냐."

"폐하."

타로스는 백작의 어깨를 두드렸다.

지금까지 오면서도 보고를 들은 바로는 변경백령의 타격은 심각했다.

이곳에서만 무려 2천 명의 아이들이 사라졌다고 한다.

타로스가 선전 포고를 한 이후에 더 심해졌다고 하니, 공국에서는 아예 작정을 한 것이 분명했다.

영지로 접어들자 백성들이 몰려나왔다.

그들의 표정은 침통하였고, 영지 전체가 비탄에 잠겨 있었다.

미래를 잃어 가고 있는 영지는 울음을 터뜨리는 아낙들로 가득했다.

타로스는 말에서 내려 눈물을 흘리고 있는 한 아낙에게 걸어갔다.

그러고는 그녀의 양손을 잡았다.

"폐, 폐하!"

"그대들의 아이들이 돌아올 수 있도록 최선의 노력을 다하겠노라. 또한 철저하게 복수할 것을 짐의 이름으로 천명한다."

§ § §

제국 남동부와 국경을 맞대고 있는 다이온 공국.

지금으로부터 200년 전, 다이온 공국은 타로스 황제에 의하여 정벌되었고, 정식 제후국으로 입조하였다.

그러나 시간이 흐르고 황제가 태업을 일삼으며, 중앙군의 숫자는 감소하고 황권이 약화되면서 독립의 목소리가 내부에서 팽배하게 부풀었다.

다이온 공왕가에서도 이러한 상황을 충분히 인지하고 있었고, 제후들과 왕가의 인물들 역시 독립을 지지하며 내부적으로 여론이 조성되었는데, 때마침 공왕비가 유혹의 목소리를 냈다.

제국에 악마들을 풀어 황권을 더욱 약화시키자는 것.

이렇게 공국 내부로 스며든 종교가 바로 마령회였다.

표면적으로는 대지의 여신 가이아를 모시는 것처럼 보였지만, 공왕가에는 마령회가 깊게 침투하였고, 그건 제후에게도 마찬가지였다.

처음에는 그저 작은 유혹이었으나 점점 마기에 잠식되어 악마의 종교에 심취하였고, 오래 전부터 제국을 약화시킬 준비를 해 왔다.

현재에 이르러 공국은 대놓고 제물을 끌어모았다.

공국 내부의 아이들로는 악마 소환 의식에 필요한 정기가 부족하였기에 인구가 상대적으로 풍부한 제국의 아이들까지 끌어와 제물로 삼았다.

이런 사실은 제국 어사대들이 목숨을 걸고 추적하여 꼬리를 잡았다.

어사대에서는 황실에 보고하였으며, 황제는 그 소식을 듣자마자 군대를 일으켰고 선전 포고했다.

실로 엄청난 대응력이었다.

깜작 놀란 공왕이 대귀족 회의를 소집했다.

"아니, 황제는 분명히 태업을 일삼는다 하지 않았는가?"

"최근 황제의 모습은 예전과 다르다는 보고가 있었습니다."

정보부 수장 게르온 후작이 제국의 상황을 알려 왔다.

갑자기 각성하여 제국을 휘젓는 황제.

본격적으로 악마 소환 의식이 완성되어 가고 있는 상황에서 각성한 황제의 행보는 상당히 이례적이었다.

그들의 예상대로라면 최소한 1년 정도는 있어야 제국이 움직일 터였다.

무엇보다 제국은 율리우스 왕국이라는 먹이를 앞에 두고 있었으며, 그 전쟁이 끝나야만 움직일 거라고 생각했다.

제국의 기근, 그리고 황제의 태업과 무너지는 제국을 붙잡기 위하여 필사의 전쟁을 감안하는 등의 행보를 볼 때, 지금이 악마 소환을 하기에 최적이라 판단했다.

그러나 그들의 판단은 틀렸다.

제국이 이렇게까지 단단하게 결속할 거라고는 예상치 못한 것이다.

공왕은 한탄했다.

"그렇다고 이렇게 빨리 군대를 일으켜 온다고? 그것도 5만 이상이나 모았다고 하지 않았나."

"그것이……."

쾅!

"전략부에서는 대체 뭘 한 게야!? 이런 상황을 예측하지 못하였나!"

"망극하옵니다."

전략부 귀족들이 허리를 굽혔다.

그때, 한 미녀가 요사스럽게 웃었다.

"호호호, 전하께서는 뭘 그리 걱정하시나요?"

"걱정을 하지 않게 생겼소?"

"비록 조금 빠르기는 해도 급하게 준비한다면 황제가 수도에 도착하기 전에 의식을 끝낼 수 있어요. 위대한 존재들이 모습을 드러내게 되면 그깟 몇 만의 병력이 문제일까요?"

"의식 준비가 끝났다고?"

"제가 누군가요?"

미녀의 탈을 쓴 마녀.

그녀에게 휘둘리는 모습은 결코 평범한 어전 회의라고 볼 수 없었다.

제후들은 물론 공왕까지 눈에서 마기를 뿜어냈다.

오랜 시간 마녀 탈라스에 의하여 마기에 노출되었고, 지금은 완벽하게 마령회의 신도들로 탈바꿈한 그들.

탈라스의 말은 곧 법이다.

마녀가 눈에서 마기를 뿜어내자 눈이 풀린 공왕의 노기는 완전히 사라졌다.

"지금의 상황은 모두 마신께서 예비하신 것. 그러니 공왕께서는 걱정하실 필요가 없답니다."

"그대만 믿겠소."

"걱정 마세요. 다만 전방에 군대를 보내 방어를 굳건히 하시고 시간을 벌어 주세요."

"얼마나 걸리겠소?"

"후훗, 한 달 이상은 걸리지 않아요."

"그쯤이야."

공국의 병력도 5만은 된다.

국경에만 3만이 배치되어 있었으니 수도와 각 영지에서 병력을 급파하면 충분히 적들 5만은 막아 낼 수 있을 것이다.

그들의 계산대로라면 말이다.

급작스럽게 진행되는 전쟁.

그러나 제후들은 당황하지 않았다.

황제는 충분한 리더십을 보였고, 순식간에 공국을 격파하고 율리우스 왕국과의 전쟁은 차질이 없을 거라고 천명했던 것이다.

드래곤조차 일격에 죽여 버린 황제라면, 어떤 괴물이 튀어나오더라도 제국을 막을 수는 없다.

"공국의 병력이 국경으로 집결하고 있습니다."

라탄 백작이 보고했다.

개전을 하기 전에 마지막으로 제후들이 모여 제국의 방

향에 대해 논하는 자리였다.

기사들조차 이 자리에는 끼지 못했다. 고작해야 황실
기사단장이 자리하였을 뿐.

그만큼이나 중요한 회의였다.

타로스는 그들의 움직임이 당연하다고 보았다.

"그럴 테지."

"단숨에 돌파해야 합니다! 지금 이 순간에도 그들은 모
종의 짓을 꾸미고 있을 테니 말이옵니다."

"맞습니다!"

제후들이 역정을 냈다.

그들의 분노는 머리끝까지 치달아 있었다.

감히 제국을 상대로 천인공노할 짓을 벌였으니 그만한
대가는 받아야 한다.

황제는 복수를 감행하겠다고 선언했었다.

"다들 흥분을 가라앉혀라. 전쟁은 감정으로 하는 것이
아니다. 감정의 표출은 승리 후에 해도 된다."

"화, 황공하옵니다."

제후들이 고개를 조아렸다.

타로스의 말대로다.

지금까지 급한 행보를 이어 왔다고 해도 지휘관들까지
급하게 생각해서는 안 된다. 이럴수록 침착함이 필요했
다.

"군사 지도를 대령해라."

"예!"

경비를 서고 있던 기사들이 거대한 지도를 가져와 펼쳤다.

공국은 제국의 지도를 가지고 있지 않았지만, 제국은 달랐다.

이 시대의 지도란 기밀이었으며 상세한 지리가 노출되는 것을 극도로 꺼렸다.

공격을 당하는 입장에서 적들의 손에 모든 지형이 공개된다는 것은 불리함을 미리부터 끌어안고 전쟁을 하는 셈이었으니까.

하지만 제국은 공국의 지도를 가지고 있었다.

언제라도 그들이 반란을 일으키면 서둘러 진압할 필요가 있었기 때문이다.

공국의 영토는 그리 크지 않았다. 기껏해야 공작령보다 조금 더 넓은 정도.

다만 산악 지형이 태반이었고, 이를 중심으로 산성을 축조한 경우가 많았기에 공략이 조금 까다로울 뿐이다.

"지금으로부터 200년 전, 짐은 공국을 입조시키기 위하여 전쟁을 일으켰다. 그때 동원된 제국군 병력이 10만이었지."

"……."

지금 동원된 병력은 6만이다.

타로스가 여기까지 오면서 5만을 모았고, 라탄 백작이 1만을 동원하기로 되어 있었다.

200년 전의 정벌에 비한다면 턱없이 부족한 수치였다.

제대로 공략을 한다면 15만은 필요할 것이다.

200년 전에도 공국이 그리 쉽게 점령된 것은 타로스 황제와 제후들의 활약 덕분이었다.

"만약 이번에 단숨에 쓸어버리지 못한다면 대전쟁이 될지도 모른다. 이는 우리 제국에 득이 될 것이 전혀 없다."

"빠르게 전쟁을 끝내지 못하면 기근이 또 올지도 모르기 때문이로군요."

"맞다. 애초에 우리가 율리우스 왕국과 전쟁을 하는 이유가 식량 때문이었지. 빠른 격파가 무산되면 제후들이 와야 하고, 그만큼 물자가 소모된다. 제국의 영향력을 투사하게 되면 모든 계획이 어그러진다."

여러모로 좋은 상황은 아니다.

여기서 타로스는 한 가지 이야기를 더 꺼냈다.

"경들이 전쟁에 임하기에 앞서 왜 우리가 빠르게 그들을 끝장내야 하는지 숙지할 필요가 있다."

"경청하겠나이다."

"공국이 단순히 미쳐서 이런 짓을 벌인 것은 아니다. 공왕가와 그들 제후들은 사이비 종교에 심취해 있다."

"사이비 종교라고 하셨사옵니까?"

"악마를 숭배하는 집단이다."

"……!"

웅성웅성.

장내가 술렁거렸다.

악마를 숭배하는 집단이라면 몇 번 정도 있어 왔지만, 왕가와 제후들 전체가 심취했다는 소리는 일찍이 들어 보지 못했다.

그만큼 지금의 상황이 심각하다는 뜻이었다.

"이는 최근에 들어온 정보로 마령회라는 집단이 공국을 집어삼켰으며 제국으로도 퍼지고 있다는 보고가 있다."

"허어, 제국에까지……."

"그렇기에 짐은 뿌리까지 뽑아 버리려 한다. 전쟁이 쉽지는 않을 것이나 제후들이 적극적으로 나선다면 빠르게 공략할 방법이 없는 건 아니다."

"음……. 어떤 식으로 말씀입니까?"

"공국에는 5만의 병력이 국경에 배치되어 있다. 그러나 굳이 그들과 마주칠 필요가 있을까? 공왕가와 제후들이 문제인 것이지, 그들 백성들이나 병사들까지 악마에 물든 것은 아니다. 쾌속 진격을 하여 수도를 정복하고 나면 알아서 귀부할 것이다. 공국을 이 지경으로 만든 마녀와 공왕가, 제후들은 모조리 목을 쳐야 하지."

척.

타로스는 알키나 산맥을 짚었다.

"빤히 보이는 수로는 빠르게 전쟁을 종결할 수 없다. 제국의 상황도 그리 좋은 편은 아니지 않은가."

"알키나 산맥이라면."

"수천의 병력으로 능히 10만 대군을 막는다고 전해지는 알키나 산성이 진격로를 막고 있다. 역사적으로 한 번도 무너진 적이 없지. 심지어 짐이 그들을 정벌하였던 200년 전에도 알키나 산성을 칠 생각은 하지 않았다. 길이 너무 좁고 협소하여 큰 피해가 빤히 예상되었기 때문이다."

"으음."

"그러나 알키나 산맥을 넘기만 하면 바로 공국의 수도 마키나와 이어진다. 마땅히 막아설 요새도 없는 형편이다."

"하오시면 이번 전쟁에서 핵심은 알키나 산성이 되겠사옵니다. 이곳을 어떻게 공략하느냐가 관건인데……."

타고난 전략가인 라탄 백작이었다.

그는 공국뿐만이 아니라 여러 이민족들과도 경계를 맞닿고 있었고, 시도 때도 없이 전투를 벌여 왔다.

전쟁 경험이 풍부한 그가 보기에도 최단기간 안에 공국을 집어삼킬 수 있는 방법은 알키나 산성을 어떻게 격파하느냐가 관건이라고 생각했다.

타로스가 생각에 잠겨 있는 라탄에게 말했다.

"그곳에 병력을 밀어 넣으면 어떻게든 점령은 가능하겠으나 엄청난 피해가 예상된다. 병력이 반 이하로 줄어들 정도로. 공국의 수도 역시 상당한 요새라 할 수 있으니, 단순한 전략으로는 불가능하다."

알키나 산맥을 지나가야 하지만 산성은 공략하지 않는다.

산맥의 높이는 무려 6천 미터.

도대체 황제의 의도는 무엇인가.

모두가 생각에 잠겨 있는 가운데 라탄 백작이 마침내 황제의 의도를 짐작했다.

"폐, 폐하. 혹시 알키나 산성이 아니라 산맥 자체를 넘어가시려는 것은······."

"불가능할 것 같나?"

"허어! 가능하겠사옵니까?"

"평범한 방법으로는 불가능하다. 그러나 우리에게는 마법사단이 있다. 기후를 조종하여 온도를 10도만 낮출 수 있다면, 돌파구가 보일 것이다."

§ § §

다이온 공국 국경 영지 발카스 변경백령.

제국과 국경을 맞대는 최전선 영지이지만 200년 동안

별다른 마찰이 없었다.

그러나 오늘, 이곳 발카스 변경백령에는 5만에 달하는 공국군이 모였다. 제국의 진군을 막기 위해서 말이다.

공국 전체가 산악 지형이 허다하였으며, 제국은 발카스 영지를 지나지 않으면 결코 수도로 진격할 수 없었다. 그러니 반드시 여기서 적들의 진격을 막아야 한다.

펄럭! 펄럭!

서리가 내려앉은 아침, 성벽 위에는 공국의 국기가 펄럭거리고 있었다.

최전선에서 제국의 진격을 막아야 하는 중요한 임무를 맡은 발카스 백작은 성벽을 시찰하였다.

지난 10년 이상 공국은 독립 전쟁을 위하여 준비해 왔다.

제국의 영향력에서 완전히 벗어나기 위해 오랜 시간 준비한 것이다.

"충성!"

척!

발카스 백작은 굳은 얼굴로 병사들의 경례를 받았다.

그의 뒤로는 기사들이 뒤따르고 있었다.

드디어 오늘 새벽이 되어서야 5만의 병력이 모두 배치되었다.

곧바로 발카스는 3교대 경계 근무를 지시하였으며 병사

들은 쉴 틈 없이 성벽을 오갔다.

제국의 선전 포고문이 도착하였기에 공국을 오가는 모든 통행은 제한되었다.

극히 일부의 상인들만이 공국으로 입성할 수 있을 뿐이다. 물론 지금 시점에서 감히 상행을 하겠다고 설치는 상단은 거의 없기도 했다.

해가 뜨고 서리가 녹기 시작하자 발카스 백작이 지시한 대로, 전 병력이 성벽 뒤로 사열하였다.

공국의 운명이 발카스 백작에게 쥐어졌다.

"각하, 준비 끝났습니다."

"가지."

그의 걸음은 성채가 한눈에 내려다보이는 지휘부로 향했다.

기사들이 철저하게 그의 신변을 보호했다.

이번 전쟁에서 제국을 완벽하게 막아 낼 수 있다면 그의 신분은 수직으로 상승한다. 어쩌면 제국의 남동부 지역을 완전히 취하고 공국의 영토가 몇 배나 확장될지도 모른다.

이번 전쟁은 발카스 가문의 운명까지 가르게 될 것이다.

발카스 백작은 병사들을 내려다봤다.

병장기를 쥐고 있는 병사들의 손에도 힘이 들어가 있었다.

공국 전체가 자주국으로 독립해야 한다는 열풍에 휩싸여 있는 이때, 정치권에서는 더욱 이러한 감정에 불을 붙였다.

"제국이 진군 중이다. 모두 들었을 터."

"……."

"고인 물은 썩기 마련. 제국은 천 년의 시간 동안 천천히 썩어 왔으며, 이제 제 몸집을 유지하기도 힘든 상황에 이르렀다. 황제가 친정을 하고 있음에도 불구하고 제후들이 겨우 4만의 병력을 지원한 것만 보아도 이것이 황제가 가진 역량의 한계임을 증명하는 것이다."

제국이 무너지고 있다는 착각.

공국은 그러한 사실을 병사들에게 주입시켜야만 했다. 그리하지 않는다면 결코 제정신을 유지하고 전투에 임할 수 없기에.

"우리 왕가는 제국을 무너뜨릴 책략이 있으며, 지금도 진행 중에 있다. 이번에 진격하는 제국의 6만 병력은 그들이 가진 최후의 역량을 쥐어짠 것에 불과하다. 그나마도 징집병이며 제대로 된 무장도 갖추지 않았다."

병사들의 눈동자에도 힘이 들어갔다.

제국이 종이호랑이에 불과하다고, 이제 무너질 때가 되었다고 모두가 생각했다.

"그대의 아들들에게, 손자들에게 오늘의 위대한 전투에

참여하였음을 이야기하라. 그리하여 우리는 자주국이 되었음을, 제국을 무너뜨렸음을 자랑스럽게 이야기하라."

쿵! 쿵!

병사들이 병장기로 바닥을 찍으며 호응했다.

발카스 백작은 연설의 방점을 찍었다.

"다이온 왕국을 위하여!"

"왕국을 위하여!"

그들은 다이온 공국이 아닌 왕국을 바라고 있었다.

그 시각.

황제의 병력은 꾸준히 행군하여 그 끝이 보이지 않을 거대한 산맥 아래까지 진격했다.

고도 6천 미터에 이르는, 한겨울이 아니더라도 결코 넘을 생각을 하지 않는 죽음의 산맥.

마땅히 길도 없었으며, 원시적인 모습 그대로를 간직하고 있는 이곳으로 무려 6만의 제국군이 산을 넘을 준비를 하고 있었다.

그 전에, 타로스는 병사들에게 연설을 하고자 하였다.

황제의 연설.

태업을 일삼았던 황제였으나 최근 들어서는 그것이 아니라 드래곤을 죽이기 위한 수련이라는 소문이 돌고 있었다.

역사에 길이 남을 위대한 불멸왕의 연설에 모든 장병들이 귀를 기울였다.

"우리는 역사의 페이지를 다시 쓰기 위해 왔다."

"......."

"공국은 썩었다. 악마에게 침식되어 우리의 자식들을 제물로 끌고 갔다. 제군들은 제국의 자식들이 끌려가는 모습을 그대로 두고 보겠는가?"

"아닙니다!"

"절대 두고 보지 못합니다!"

"짐은 무리하여 이곳에 왔다. 내년, 기근을 타파할 전쟁이 예정되어 있음에도 불구하고 이곳에 온 이유는 우리들의 자식들을 구하기 위해서다. 아직도 수많은 아이들이 생과 사의 기로에서 숨을 죽이고 있을 터. 제군들의 후손들에게, 우리는 아이들을 위해 싸웠음을 기억하게 하라."

"와아아아!"

"진군한다."

병사들이 힘차게 발걸음을 내딛었다.

그 누구도 쓰러지지 않으리라. 그렇게 다짐하면서.

휘이이잉!

차가운 칼바람이 몰아치고 있는 산맥.

과연 알키나 산맥의 명성은 헛되지 않았다.

길이란 존재하지 않았고, 미친 듯이 몰아치는 바람과 극저온의 날씨에 손발이 얼어붙을 지경이었다.

그럼에도 불구하고 병사들은 한 걸음씩 진격했다.

제후들은 원시 산맥을 개척하며 길을 만들었고, 그 뒤로 줄줄이 병사들이 걸음을 내딛었다.

방한복을 충분히 지급하였지만 이제는 동사하는 자들이 하나둘 생기고 있었다.

"폐하, 이제는 한계입니다."

라탄 백작이 타로스에게 보고해 왔다.

타로스도 알고 있었다.

동상 환자들이 속출하였고, 거액을 주고 고용한 사제들이 동분서주하고 있었지만 점점 한계가 오고 있었다.

벌써 일주일째.

여기까지 수십 명의 사상자만 내고 온 것도 기적이었다.

병사들의 의지가 없었으면 절대 불가능하였던 일.

그러나 때때로는 인간의 의지로도 불가능한 일이 있었다. 아무런 조치도 취하지 않은 채 산맥을 넘으려 한다면 2만 이상의 병력이 증발할 것이다.

"리카드로 후작과 그랑카인 후작을 불러라."

"존명!"

곧 방한복으로 몸을 꽁꽁 싸고 있는 노마법사 두 명이

다가왔다.

부복은 생략한다. 가뜩이나 무릎도 좋지 않은 노인들이 다치면 그것도 곤란한 일이다.

"찾으셨습니까?"

"후욱, 부르심을 받고 왔습니다."

노인들의 콧수염에 고드름이 얼기 시작했다.

지금까지 타로스는 마법사들의 도움을 받지 않고 있었다.

일단 마법이 발현되기 시작하면 어마어마한 마력이 들어갈 것이고, 마석을 갈아 만든 마나 포션을 섭취하면서 진군해야 한다.

마나 포션의 가격은 일반 포션의 무려 30배에 달한다.

타로스는 그걸 물처럼 마시며 진격하라 명령할 수 없었다. 마나 포션의 보유량은 한계가 있었으니까.

"아무런 조치도 없이 더 이상 진군한다면 수많은 병사들이 죽게 될 것이다."

"저희들도 유의 깊게 보고 있었사옵니다. 그렇지 않아도 슬슬 마법을 써야 할 때가 왔다고 여겼지요."

"위험한 고비를 넘기기 위하여 황실 마법사들을 불렀다. 곳곳에 마법사들을 배치하여 기온을 올려라."

"존명!"

두 현자들이 고개를 숙이고 물러났다.

곧 기온이 10도 이상 올라갔다.

병사들은 그것만으로도 살 것 같다는 표정을 지었다.

"올라가라! 동료를 믿고 어깨를 내어 주거라. 마력은 무한한 것이 아니니 최대한 빠르게 이동해야 한다!"

"빨리 올라가!"

서두르면 낙상자가 발생할 우려가 있었지만, 지금으로서는 어쩔 수가 없는 일이다.

서둘러 넘지 않으면 마법사들까지 마력이 고갈되어 모두 얼어 죽을 수도 있었다.

"가라! 아이들이 기다린다!"

기사들은 곳곳에서 병사들의 분노를 자극했다.

극한의 기후에서는 분노의 감정조차 올라오지 않기 마련이었지만, 아이들이라는 소리에 병사들은 눈을 반짝이며 한 발을 내딛었다.

그 시각, 다이온 공국 진영.

설마하니 제국의 군대가 죽음의 산맥을, 그것도 한겨울에 넘고 있을 거라고는 상상도 하지 못한 발카스 백작의 눈에는 이채가 흐르고 있었다.

3일 전에 도착한 제국군은 진영을 꾸리고 그 자리에서 꿈쩍도 하지 않고 있었다.

아침, 점심, 저녁으로 밥 짓는 연기가 피어올랐으나 공성은 시도조차 하지 않고 있는 상태였다.

"이상한 일입니다."

그의 부관인 란돌이 말했다.

"나도 그리 생각한다."

"3일 동안이나 움직이지 않고 있다니⋯⋯. 설마 지원군을 기다리는 걸까요?"

"이렇게까지 빠르게 병력이 갖추어졌을 거라고는 생각을 못 한 거지. 그렇다고 해도 이상한 것은 맞다."

황제의 어가도 움직이지 않았다.

친정을 왔음에도 불구하고 아무런 성과도 내지 못한다면 타로스 황제는 정치적으로 어마어마한 타격을 입고 만다.

황권이 약해지고 있는 중이었으니, 움직임이 없다는 건 아무래도 수상쩍었다.

상인들에게 듣기로는 황제가 드래곤을 죽였으니, 제국의 위협들을 하나씩 쳐부수고 있느니 하였으나 그 역시 황제의 꼼수로 여겨지고 있었다.

제국은 분열 직전이었다.

그렇다면 무리를 해서라도 진군해야 했는데, 진채를 꾸린 그 자리에서 꿈쩍도 하지 않는 것이다.

과연 저것이 정상일까?

"주기적으로 정찰은 하나?"

"정찰병들은 모두 죽어 나가고 있습니다. 뭔가 꿍꿍이
가…….."

"설마…… 땅굴을 파는 것 아닌가?"

"……!"

발카스 백작의 한마디에 란돌 자작은 머리를 망치로 얻
어맞은 듯이 몸이 굳었다.

"그, 그럴 수 있겠습니다!"

"지금 상황에서 쓸 수 있는 방법이란, 토성을 쌓거나
땅굴을 파는 것뿐이다. 그러나 땅이 얼어 토성을 쌓기에
는 무리가 있지."

"땅굴이라면 지하의 상온에서 파들어 가기에 상대적으
로 쓰기 쉬운 전략입니다."

"저들이 도착한 지 3일이 흘렀다. 침투까지 4일 정도
남았다고 보면 되나?"

"그렇게 보입니다."

"대비하라. 대나무를 박고 진동을 감지하라 일러라!"

"예!"

성벽 위가 분주해졌다.

5천의 용병들을 고용하여 허장성세를 꾸미는 역할을 한
것은 바로 제1기사단장이다.

제후들은 전리품 때문이라도 직접 참전하기를 원했고,

오직 황제에게 충성하며 기사도를 지키는 기사들이 용병을 이끌어야 했다.

각지에서 끌어모은 용병들은 제론 휘하로 들어갔다.

그들은 허수아비들을 끌고 진격하였으며, 베이스캠프를 꾸린 후에는 전방에 적들의 습격을 막는 목책을 세우는 등의 작업을 했다.

그리고 시작된 본격적인 허장성세.

곳곳에는 허수아비를 세우고 밤낮으로 밥 짓은 연기를 피웠다.

또한 유격대를 꾸려 오직 적들의 정찰병만 잡도록 했다.

이들이 도착한 지 일주일이 흘렀다.

아마 황제는 지금쯤 중대한 고비를 맞으며 정상을 넘어가고 있을 것이다.

제론이 생각에 잠겨 있을 때였다.

"거, 정말로 가만히 있으면 되는 거요?"

용병들의 대표를 맡고 있는 특급 용병 존이 머리를 긁적이며 물었다.

"불만인가?"

"그럴 리가 있나. 그냥 가만히 버티고 있으면서 전투수당을 챙겨도 되는 것인가 해서 말이지. 게다가 전투가 벌어지면 전속력으로 후퇴하라면서?"

"그것이 너희들의 역할이다. 시간만 끌면 되거든."

제론이 존을 바라보며 입꼬리를 끌어 올렸다.

§ § §

알키나 산맥 정상 부근.

도저히 끝이 보이지 않을 것 같은 등반은 드디어 끝이 보이고 있었다.

그러나 알키나 산맥은 지금껏 그 어떤 군대도 정상을 허락하지 않았다.

그러한 발악이었는지 정상으로 향하면 할수록 어마어마한 바람이 휘몰아쳤으며, 눈보라도 심해지고 있었다.

마법사들이 아니었다면 모두 얼어 죽었을 만큼이나 강추위였다.

투명한 실드에서는 연신 날카로운 고드름 조각들이 날아와 틀어박혔고, 기온 조작까지 해야 하는 마법사들은 마력 고갈에 연신 고가의 마나 포션을 퍼마셨다.

냉기를 철저하게 차단하고 있는 마도구로 몸을 두르고 있는 타로스조차 뼛속까지 스며드는 한기에 진저리를 칠 무렵.

척후병으로 나가 길을 인도하고 있던 라모젠 남작이 돌아왔다.

"폐하! 정상의 만년설이 붕괴할 조짐을 보이고 있사옵니다!"

"만년설이 붕괴하려 한다?"

"예! 이대로 만년설이 붕괴하면 연쇄 작용을 일으켜 수많은 병사들이 매몰될 것으로 예상됩니다!"

병사는커녕 기사들도 길잡이 역할을 하기가 어려워 제후를 내보냈던 타로스였다.

제후의 입에서 절망적인 목소리가 나오자 전염병이 돌듯 빠른 속도로 라모젠의 말이 전파되기 시작했다.

불굴의 의지로 버티고 있던 병사들의 얼굴에 처음으로 절망적인 빛이 스며들기 시작했다.

술렁거림은 군대 전체로 퍼져 나갔다.

"폐하! 바로 대책을 강구해야 하옵니다!"

쿠구구구!

지진이 일어나기 시작한다.

땅이 흔들리자 병사들은 그 자리에서 주저앉았다. 이는 본능적으로 나온 행동이었다.

알키나 산맥에 길 따위는 존재하지 않았고, 개척을 하며 전진하다 보니 통로가 좁고 병력은 길게 늘어졌다.

한 발만 잘못 내딛어도 천 길 낭떠러지.

그나마 기사들은 쓰러지지 않고 버티고 있었지만, 그들의 얼굴에도 두려움이 가득했다.

제후들의 얼굴에도 낭패한 기색이 어렸다.

만약 여기서 타로스가 포기를 한다면?

그때에는 군대 전체가 무너지고 말 것이다.

콰과과과!

천천히, 그러나 시간이 흐를수록 산맥 전체가 울부짖으며 만년설이 동강 날 기세를 보이고 있었다.

만년설은 순식간에 산맥 전체를 휩쓸어 버릴 기세다.

그랑카인이 급하게 외쳤다.

"폐하! 마법사들에게 기온 조작을 중지시키고 전원 실드를 펼치는데 주력하라 이르겠사옵니다!"

"아니다."

"그렇다면 방법이…….."

"산맥은 분노하고 있는 것이나 이 역시 자연재해에 불과한 것. 인간의 의지로 돌파하지 못할 것은 없다."

"폐하?"

"짐이 처리한다."

"하오나 폐하! 저 거대한 만년설을 어찌한다는 것은 인간의 힘으로는 불가능한…….."

쿠구구구!

지진은 더욱 거세지고 있었다.

틀림없다.

이대로 5분만 흘러도 만년설이 흘러내리며 그것은 곧

눈사태로 이어질 것이다. 군대 전체가 매몰되는 것은 기정사실이다.

마법사들이 실드를 친다고 해도 거대한 눈덩이들이 짓누르면 오래 버틸 수 없었다.

타로스는 가타부타 설명할 겨를도 없이 몸을 날렸다.

웅성웅성!

군대는 어마어마한 동요를 일으켰다.

동시에 온갖 소리들이 터져 나오고 있는 중이다.

"인간의 발길이 허락되지 않은 곳을 우리가 넘으려 하였기에 산맥이 분노한 거야!"

"도망을 쳐야……."

"도망? 어디로?"

"우리는 다 죽을 거야!"

병사들로부터 퍼져 나오기 시작한 죽음이란 단어가 순식간에 산맥 전체를 잠식해 버렸다.

매서운 칼바람과 눈보라, 그리고 극저온의 기온까지.

좁은 길을 따라 의지력 하나만 믿고 오르던 병사들이 무너져 내리는 것은 순식간이었다.

지옥이 존재한다고 하여도 이보다는 나을 것이다.

공포로 인하여 병력 전체가 요동칠 때, 그랑카인 후작의 카랑카랑한 목소리가 울려 퍼졌다.

"이놈들! 도대체 무엇이 두려우냐!"

"우리는 다 죽을 거요!"

"지금이라도 내려가야 합니다!"

"폐하에 대한 믿음이 고작 그것밖에 되지 않는 것이더냐? 황제께서는 드래곤을 쳐 죽이고 제국 내의 모든 위협들을 제거하셨다. 모두 인간이 할 수 없는 일이었다."

"……."

마력을 머금은 그랑카인의 목소리가 퍼져 나가자 병사들의 동요도 서서히 가라앉기 시작했다.

황제에 대한 믿음을 가지라는 주문.

병사들은 고개를 떨어뜨렸다.

산맥을 넘고 있는 것은 모두 황제의 명령 때문이었다.

백성들마저 긍휼히 여기는 황제가 병사들을 버릴 리 없었다.

그랑카인이 한마디를 더했다.

"폐하께서 나서셨으며 상황을 처리한다고 하셨다."

"그렇다면!"

"폐하께서는 대안이 있으시다."

술렁거림이 잦아들었다.

불멸왕에게는 대안이 있다.

도저히 불가능한 일들을 이루어 왔던 황제라면, 자연재해조차 쓸어버릴 수 있을 것이다.

번쩍!

그와 동시에 그랑카인의 말을 뒷받침하듯 산 정상에서 오색의 찬연한 빛이 만년설 전체를 휘감기 시작했다.

휘이이잉!

타로스는 순식간에 산맥 정상으로 이동했다.

스모크는 사용하지 않았다. 마력을 아껴야 했기 때문이다.

타로스의 마력은 1,000에 맞춰져 있었고, 정확하게 파워드 킬 10번을 뿌릴 수 있는 양이다.

가로세로 10m 내의 모든 것을 '삭제' 하는 스킬이었으므로 10번을 뿌리면 100m 내의 모든 만년설을 삭제시킬 수 있었다.

산맥 정상부터 시작해서 100m 아래까지.

계산만 잘 하면 6~7번 정도의 스킬로 만년설 전체를 제거할 수 있다.

쿠구구구구!

지금 이 순간에도 만년설은 통째로 떨어져 나가 눈사태를 일으킬 준비를 하고 있었다.

충격은 아래에서 위로 퍼져야지, 위에서 아래로 흐르면 안 된다.

타로스는 고속으로 이동하며 100m 아래부터 스킬을

위로 뿌리며 올라갔다.

쾅! 콰과과과광!

소리는 요란하였지만 정확하게 스킬은 만년설들을 삭제해 나가고 있었다.

아랫부분이 완전히 삭제되자 타로스는 그 사이로 비집고 들어가 연속으로 스킬들을 뿌려 댔다.

콰과과과과!

마력이 급속하게 빠지는 것이 느껴졌다.

그와 동시에 오 원소는 만년설들을 집어삼켰다.

완전히 분해가 되어 사라지는 그 광경은 인간의 상식으로는 도저히 이해할 수가 없는 장면이었다.

제후들의 시선이 느껴졌다.

심한 눈보라 때문에 병사들은 이 위의 세상이 어찌 정리가 되는지 알지 못하겠지만 제후들이나 기사들은 예외였다.

한눈에 보아도 그들의 표정에는 경악이 떠올라 있었으며, 도저히 어떤 말을 할 수도 없는 지경이었다.

타로스는 마지막 여섯 방째의 파워드 킬을 뿌렸다.

최대한 충격을 줄이고자 하였으나 미약한 눈사태가 일어나더니 길을 따라 내려오기 시작했다.

대규모 눈사태는 아니었지만, 길을 따라 눈사태가 일어나면 꽤 많은 사상자가 발생할 수도 있었다.

타로스는 곧바로 고속 이동을 통하여 제후들의 앞으로 돌아왔다.

"폐, 폐하!"

"물러나라."

콰과과!

산맥 전체가 붕괴되는 것에 비한다면 보잘것없는 수준이었지만, 길을 따라 쓸려 내려오는 눈사태의 모양은 실로 거대해 보였다.

타로스는 모든 이들의 앞에서 파워드 킬을 뿌렸다.

콰과과광!

10m 내의 모든 눈덩어리들이 삭제되었다.

콰과과!

그 충격에 눈사태의 경로가 비틀어졌다. 그러나 타로스는 그나마도 남아서 내려오던 눈사태에 파워드 킬을 두 방 더 뿌렸다.

이제는 마력 고갈이었다.

급작스럽게 마력을 소모한 대가로 얼굴이 창백해지고 헛구역질이 올라온다.

그러나 타로스의 강인한 정신력은 육체적인 현상마저 찍어 눌렀다.

휘이이잉!

그리고 마침내, 모든 재해가 물러갔다.

눈덩어리들이 바로 앞에서 멈추어 버렸지만, 길이 없는 것은 문제가 되지 않는다. 제후들이라면 충분히 길을 낼 수 있을 것이므로.

"……."

그 충격적인 장면에 제후들과 기사들은 어떤 말도 할 수가 없었다.

인간을 뛰어넘는 해결 방식이었다. 그 누가 나섰다고 해도 불가능하였던 일.

가장 먼저 그랑카인의 노구가 꺾였다.

쿵!

그리고 무릎이 차가운 바닥에 닿았다.

그랑카인을 시작으로 제후들이, 그리고 기사들과 병사들이 도미노처럼 무릎을 꿇었다.

그들의 표정에 드러난 것은 경외감이었다.

가슴 떨리는 위업을 이루어 낸 황제를 찬양하는 경외.

"황제 폐하 만세!"

"만세!"

"만세!"

무심하게 무릎 꿇은 자들을 내려다보던 타로스는 한마디를 하였을 뿐이다.

"길을 뚫어라."

"조, 존명!"

제후들이 움직이기 시작했다.

　신병 교육대에 갓 입대한 신병들처럼 제후들은 어마어마한 속도로 길을 내기 시작했다.

　군대는 산맥 정상을 밟았다.

　이곳 정상에는 거대한 분지가 형성됐다.

　도저히 자연적으로는 형성되기 힘든 모습이었으며, 황제가 만들어 낸 걸작이라는 사실을 증명하고 있었다.

　한동안 제후들은 충격에서 헤어 나오지를 못했다.

　특히나 귀족파 귀족들이 그랬다.

　외부의 위협 때문에 귀족들은 파벌을 가리지 않고 참전하였으나, 지금 황제의 모습은 그들에게 깊은 인상을 남겼다.

　어둠이 깔리기 시작한 귀족파 진영의 막사.

　베르나 백작을 필두로 기옴 자작과 라모젠 남작까지 모여 있었다.

　그들은 말없이 식사를 마치고 따듯한 차로 몸을 덥히고 있었다. 그럼에도 불구하고 아직도 충격이 가시지 않고 있는 얼굴들이다.

　"오늘, 진정한 괴물을 보았다."

　"……."

　베르나 백작의 말에 기옴 자작과 라모젠 남작은 어떤

말도 할 수가 없었다.

황제라는 존재는 그 무엇으로도 재단을 할 수가 없었다.

태업을 일삼고 있을 때만 해도 귀족파 귀족들은 금방 정권을 잡을 줄 알았지만, 황제의 행보가 이어질수록 가능성이 희박하다는 것을 깨닫고 있었다.

오늘 소문으로만 들었던 황제의 무력을 직접 실감하니, 이건 가능성이 희박함을 넘어 불가능의 영역으로 보였다.

"드래곤을 단박에 죽였다는 소문은 들었지. 그러나 과장된 면이 있다고 여겼다. 어떻게 에인션트 드래곤을 한 방에 찢어 죽일 수 있을까."

"아마 사실일 겁니다. 오늘의 무용을 다들 보셨으니……. 제가 오늘 길잡이를 맡았고, 직접 만년설을 확인했습니다. 그걸 완전히 날려 버린다는 건 인간의 힘으로 불가능한 일이었습니다. 연환계 마법이라면 가능성이 있을지도 모르지만, 아마 산맥은 붕괴를 면치 못하였을 겁니다."

몸이 떨린다.

인간의 본능이 경고하고 있었다.

황제는 자신의 울타리에 있는 사람들에게는 자비를 베풀지만, 적이 된다면 어떤 방법을 동원해서든 쓸어버린다는 사실을 말이다.

다소 극단적인 예였지만, 황제는 자국민을 잡아갔다는 이유로 직접 본인이 군대를 이끌고 죽음의 산맥을 넘었다.

그 의지와 발상은 인간 이상의 것이었다.

이쯤 되자 황제는 제국의 모든 귀족들을 시험 무대에 올려 두고 있는 것이 아닌가 하는 생각도 들었다.

베르나 백작은 자신도 모르게 한탄했다.

"항명은 죽음이라. 우리 귀족들은 도마 위에 오른 생선이다. 폐하께서는 그저 시험을 하고 계신 것이었다."

§ § §

죽음의 산맥을 넘어 군대는 평야 지역에 들어섰다.

산성이 즐비하고 대체적으로 영토가 산악 지형인 공국이었지만 그렇다고 평야 지대가 없는 건 아니다.

애초에 분지가 존재하지 않는다면 국가가 성립하기 어렵다.

각종 천연자원들을 수출하고 곡물을 수입한다지만, 자체적으로 식량이 생산되지 않는다면 존립 자체가 힘들었으니까.

제국의 군대가 그런 분지로 접어들었다.

거대한 산을 넘어 불가능한 업적을 이룬 병사들은 오히

려 지금의 기온이 따듯하다고 느꼈다.

황제는 산을 넘어오자마자 하루 휴식을 선언하고, 바로 군사 회의를 소집했다. 앞으로의 방향성을 논하기 위해서였다.

지휘부 막사로 타로스가 입장했다.

"황제 폐하께서 드십니다!"

"추-웅!"

제후들과 각 기사단장들은 무릎을 꿇고 머리를 바닥에 댔다.

그들의 표정에는 자부심과 함께 경외감, 그리고 두려움이 공존했다.

내심 황제를 언젠가 쳐 내야 할 존재로 여겼던 귀족파 귀족들은 가슴 깊은 곳에서부터 포기의 감정이 올라왔다.

어떤 위협도 황제를 굴복시키지 못했다.

지금껏 단 한 번도 군대의 침입을 허용하지 않았던 알키나 산맥을 넘어 공국의 영역으로 들어섰으니, 그들이 느끼는 두려움은 대단한 것이었다.

황제는 단순히 육체의 강함만이 아니라 전략적으로 뛰어난 성과를 내고 있음을 이 자리에서 증명하였다.

그에게 불가능은 없다.

그러한 감정들이 귀족들 내에서 형성되자 황제는 감히 범접하기 힘든 존재로 인식되었다.

타로스는 무심한 표정을 유지하며 상석에 앉았다.

"평신."

귀족들이 하나둘 자리에 앉기 시작했다.

타로스의 한마디가 장내를 휩쓴다.

"우리는 죽음의 산맥을 넘어왔다. 그 과정에서 수백의 희생이 있었으나, 그들의 죽음은 결코 헛되지 않을 것이다."

"……."

불가피한 사고도 물론 있었다.

그러나 전쟁이란 늘 죽음을 각오해야 하는 법.

이러한 대역사를 이루었음에도 불구하고 겨우 수백 명이 죽었다는 것은 실로 기적에 가까운 일이다.

타로스가 손짓하자 로빈슨 단장이 직접 지도를 가져와 폈다.

복잡한 표식들이 즐비한 군사 지도.

타로스는 가만히 지도를 들여다봤다.

과연 황제에게서 어떤 전략이 튀어나올 것인가. 허락이 있기 전까지는 그 누구도 의견을 개진할 수 없었다.

모두가 침만 꼴깍 삼키며 침묵을 유지하고 있는 가운데, 드디어 타로스의 입이 열렸다.

"적들은 우리가 공국의 여러 산성들을 점령하며 진군할 거라 여기겠지만, 그럴 필요는 없다. 우리의 목표는 공국의 수도 마키나다. 짐이 조사한 바에 의하면 제국의 아이들은 공국 전체로 흩어진 것이 아니다. 바로 수도 마키나로 끌려갔지."

분노가 되살아난다.

수천에 이르는 제국의 아이들이 마키나로 끌려갔다.

황제는 어떤 경위로 조사를 하였는지, 이 정보가 사실인지 굳이 설명하지 않았다. 그리하지 않아도 제후들은 믿고 있었다.

산맥을 넘어옴으로 인하여 황제에 대한 신뢰가 단단해졌다.

지금은 황제가 어떤 말을 한다고 해도 믿을 기세였다.

"우리는 최단기간 안에 공국을 관통한다. 그 과정에서 몇 개의 산성은 공략을 해야겠으나 병력은 그리 많지 않을 것으로 예상된다. 제후들이 나선다면 그리 어려운 일도 아니다. 의견이 있다면 개진하라."

황제의 의견은 타당했다.

공국 내부로 들어온 병력은 6만에 불과하였지만 수도 마키나를 제외하면 이렇다 할 병력은 배치하지 않고 있을 것이다.

다이온 공국은 이미 한계까지 병력을 끌어모았다. 대부분은 국경에 배치되어 있었고, 제국의 군대가 내부를 휩쓴다고 해도 쉽게 국경의 군대가 회군하지 못한다. 그 순간 제국이 쳐들어올지도 모른다고 생각할 테니까.

속전속결로 수도를 끝장내고 난 이후에는 국경의 적들도 줄줄이 항복할 것이니 걱정할 필요가 없었다.

전략가로 명성이 높은 베르나 백작이 입을 열었다.

"폐하의 의견이 실로 가한 줄 아옵니다. 더 이상 전략이 나올 수가 없는 상황입니다. 제국군이 죽음의 산맥을 넘은 이상 진격만 남았을 뿐, 복잡한 전략은 오히려 적들에게 시간만 주고 말 것입니다."

"동의합니다."

"맞습니다."

타로스는 입꼬리가 슬쩍 올라가려는 것을 참았다.

산맥에서 실력 행사를 한 번 했더니 제후들은 순한 양이 되었다.

얼마 전까지만 해도 그들은 분노에만 휩싸여 있을 뿐이었는데, 이제는 황제에 대한 두려움까지 함께 갖게 되었다.

마음속에 지니고 있던 역심은 완전히 사라진 것으로 보인다.

"내일부터 전속력으로 진군할 것이니, 다들 체력을 비축하도록 하라. 이만 파한다."

"존명!"

2월 중순.

추위도 한풀 꺾인 국경 지대에는 지루한 대치만 이어지고 있었다.

벌써 몇 주일째.

낮에는 눈이 녹기 시작했고, 기온은 5도 안팎이었다.

점심을 먹고 난 이후에는 나른해지기 시작했고, 전쟁 중이라고는 믿을 수 없을 정도로 성벽을 지키는 병사들은 꾸벅꾸벅 졸았다.

상황이야 어쨌든 전투가 코앞까지 다가왔다고 연일 사령관이 외쳐 대고 있었기에 3교대 근무가 끝도 없이 이어졌다.

지금 와서는 이게 전쟁을 하는 것인지, 눈싸움을 하는 건지 알 수가 없을 지경이었다.

순찰을 하고 있는 기사들도 힘이 꽤 빠져 있었다.

"그만 졸아라."

"근무 중 이상 무!"

"전방 주시해라. 언제 적들이 쳐들어올지 모른다."

"예!"

기사는 한숨을 내쉬었다.

도대체 적들은 언제 쳐들어올 것인가.

대략적으로 이야기는 들었다. 황제가 친정을 한 이상 제국은 성과를 내야 하며, 언제라도 쳐들어올 수 있음을 말이다.

그러나 적들은 몇 주 동안 움직이지 않았다.

이게 정상일까?

"사령관께서 오십니다!"

졸고 있던 병사들이 각을 잡았다.

기사들도 빠릿빠릿하게 움직였다.

"도대체 이게 어찌된 일인가."

"으음, 그것이."

사령관의 말에도 란돌 남작은 어떤 말도 하지 못했다.

1주일 전까지만 해도 틀림없이 적들이 땅굴을 파서 들어올 것이라고 여겼다. 그 때문에 2교대 근무로 변경한 적도 있었다.

성벽 아래로 대나무를 박아 넣고 진동이 느껴지지는 않는지 견시병이 갖은 노력을 기울이기까지 했다.

재수가 없었던 건지 미약한 지진 때문에 군 전체에 비상이 걸리는 쇼도 벌였다.

그러나 끝내 적들은 쳐들어오지 않았다.

란돌 남작은 부관의 자격으로 사령관에게 조언을 했다.

"적들의 숫자는 늘지도, 줄지도 않고 있으며 꾸준히 정찰병만 잡아 대고 있습니다. 꿍꿍이를 꾸미는 것은 확실합니다만, 전투는 피하고 있는 형국이지요."

"그래서?"

"기만책일 수 있습니다."

"기만책이라? 도대체 어떤 기만책이 있을 수 있다는 말이냐."

"그건……."

확신할 수 없다.

이 갑갑한 상황을 타개할 수 있는 계책은 존재하지 않았다.

그러던 와중에 급보가 도착했다.

"마키나에서 긴급 회신입니다!"

"마키나에서?"

"저, 적 대군이 수도 근처에 모습을 드러냈다고 합니다!"

"뭣이!?"

그야말로 충격적인 보고였다.

모두의 얼굴에 떠오른 물음은 도대체 어떻게 눈앞에 있던 적들이 공국 수도 앞마당까지 진출을 했는가 하는 거였다.

어마어마한 가정이 내부를 뒤흔들었다.

"군대가 알키나 산맥을 넘었다면."

"뭣이!?"

"만약 그런 일이 가능하다면 지금 시점에 수도까지 적들이 진출한 것도 이해가 됩니다."

"하! 그게 가능한 일이던가? 여름에도 넘기 힘든 산맥을 어찌 한겨울에 넘어간다는 말인가!?"

"……."

제국군이 산맥을 넘었다면 눈앞의 적들은?

"빌어먹을! 공격이다! 저놈들은 위장이야! 다 쓸어버려!"

뿌우!

적들의 기만책에 분노한 발카스 백작은 바로 군대를 이끌고 적들의 진영으로 내달렸다.

그러나 그와 동시에 적들은 부리나케 도주를 했다. 성문이 열리는 순간 이미 진영을 버리고 사라진 것이다.

사령관은 보았다.

곳곳에 세워진 허수아비들과 사방에 어지럽게 놓여 있는 조리 기구들을 말이다.

2월 중순.

알키나 산맥을 넘은 제국군을 막을 존재는 아무도 없었다.

산성들이 있다고 해도 가능하면 규모가 큰 곳은 피했다. 또한 산세가 험하거나 굳이 마주칠 필요가 없는 곳들은 죄다 지나쳤다.

속전속결.

산성이 나타나면 제후들이 직접 침투하여 적들의 마법 시설부터 파괴해 버리고, 사령관과 지휘관들의 목을 땄다.

그사이에 군대는 산성을 포위하고 전서구나 전령을 잡아 죽였다.

그 결과, 급작스럽게 6만에 이르는 대군이 수도 앞에 나타날 수 있었다.

다이온 공국의 수도 마키나는 대군의 출현으로 인해 혼란에 빠졌다.

땡! 땡! 땡! 땡!

비상종을 치고 있었고, 급하게 병력이 성벽 위에 세워지고 있는 것으로 보였지만, 한눈에 보아도 무장도 제대로 갖추고 있지 않았다.

그만큼이나 적들이 놀랐다는 뜻이다.

이미 수도에 나타나기도 전에 타로스는 회의를 통하여 전략을 모두 수립했다.

제국의 강점인 강력한 무력을 기반으로 한 작전이었다.

만약 수도에 수만의 병력이 대기하고 있었다면 문제가 좀 되었겠지만, 기껏해야 수도에도 수천의 병력이 상주하고 있을 뿐이다.

나머지는 죄다 국경 지대로 밀어 넣었다. 국경만 잘 틀어막으면 제국이 진군할 수 없다고 여긴 듯했다.

아직도 혼란에 빠진 공국의 수도는 전 병력이 몰려온 것도 아니었으며 무장도 부실했다.

타로스의 전략은 속전속결.

황제를 필두로 제후들이 달려가 성문을 파괴한다. 그리고 바로 성벽 위로 뛰어 올라가 학살을 시작하면 본대가 들이닥쳐 점령한다.

황제가 직접 검을 들고 성문을 부순다는 전략은 타국이라면 감히 상상도 할 수 없는 생각이었다.

그러나 제국이기에 가능했다.

제국의 최강자이자 대륙 최강자로 여겨지는 황제가 직접 나선다면 무장도 갖추어지지 않은 병사들을 상대로는 속전속결이 가능하다는 판단이었다.

이번 작전은 속도가 생명이었으므로 타로스는 가타부타 말없이 검을 뽑았다.

"작전대로 간다!"

"뒤따르겠사옵니다!"

"진격하라!"

"와아아아아!"

타로스와 제후들은 여기까지 오는 동안 강탈한 말 중에서 가장 덩치가 큰 놈의 등에 올라타고 빠르게 진군하였다.

"쏴라! 저자가 황제다! 황제만 잡으면 승리할 수 있다!"

"쏴라!"

핑핑핑!

화살이 하늘을 뒤덮으며 쏘아졌다.

과연 공국의 최정예들인지 무장이 제대로 갖추어지지 않았음에도 불구하고 정확하게 화살을 쏘아 댔다.

타로스는 화살과 화살 사이를 피해 냈다. 그건 제후들도 마찬가지였다.

타로스야 기마술 스킬이 있었기에 가능한 일이었지만, 강함이 귀족의 조건인 제국에 있어 제후들은 괴물 그 자체나 다름없었다.

어느 정도 진격하자 타로스는 말에서 뛰어내려 스모크를 펼쳐 순식간에 성문까지 거리를 좁혔다.

그리고 거침없이 궁극기 파워드 킬을 쏟아 냈다.

§ § §

다이온 공국 공왕궁.

현재 다이온 공국은 급격한 변화를 맞이하고 있었다.

제국의 품에서 벗어나 완전한 자주국을 이루고, 심지어 영토까지 확장하여 패권국으로 도약할 것이라는 여론이 공국 전체를 강타하고 있었다.

이러한 가운데 마왕을 소환하려는 마령회의 움직임도

가속화됐다.

왕궁 지하 감옥에서는 연일 아이들의 비명 소리가 울려 퍼졌고, 그들의 생명력을 정기로 전환하여 소환 마법진에 지속적으로 흡수시켰다.

이제 소환까지 머지않은 상태다.

다행스럽게도 제국은 내부 상황 때문인지 함부로 진격하지 못하고 신경전만 계속 펼치고 있다고 국경에서 보고해 왔다.

이제 일주일만 시간이 흐른다면.

그때가 되면 다이온 공국이 대륙의 신성으로 떠오를 것이다.

분명히 그랬어야 했다.

"전하! 피하셔야 합니다!"

"피하다니?"

공왕은 공왕비와 함께 즐거운 한때를 보내고 있었다.

마녀 탈라스는 요사스러운 웃음을 흘리며 공왕을 유혹하고 있었고, 그들은 둘 다 약에 취한 상태였다.

이리저리 굴러다니는 술병과 인간의 정신을 흩트리는 연기들은 환락의 끝을 보여 주고 있었다.

보고를 해 오는 기사는 더욱 다급해졌다.

"제국입니다! 제국에서 쳐들어왔습니다!"

"하하하! 지금 장난을 치는 것이냐? 과인에게 장난질을 하는 기사가 있는데, 왕비는 어떻게 생각하시오?"

"호호호! 그런 자는 참수해야죠!"

"참수다! 저 녀석을 참수해라!"

콰아아아앙!

그들의 웃음은 끝가지 이어지지 않았다.

다이온 공왕이 잠시 멍해지더니 퍼뜩 정신을 차렸다.

그들은 주섬주섬 옷을 주워 입고 테라스로 나갔다.

신선한 공기가 확 밀려 들어왔다. 연기가 빠져나가면서 더욱 정신은 또렷해진다.

공왕은 보았다.

성벽이 순식간에 파괴되고, 그 위에서 병사들이 학살되고 있는 과정을 말이다.

"아니 저건?"

"화, 황제입니다! 황제와 제후가 직접 쳐들어왔고 성벽은 보다시피 허물어졌사옵니다!"

"그게 가능한 일인가!?"

"아무래도…… 소문이 사실이었던 모양입니다."

믿을 수 없는 제국의 공식 발표가 떠올랐다.

지금까지 끊임없이 제국과 주변국을 괴롭혀 왔던 드래곤 카이너스를 황제가 직접 나서서 단숨에 찢어 버렸다는 것이다.

당연하게도 주변국의 국왕들은 믿지 않았다.

이 시대의 정치라는 것이 그랬다.

단 1%의 진실과 99%의 거짓이 섞여 나돌았고, 이는 적대국에 취할 수 있는 당연한 기만책이었다.

그랬어야 하는데, 지금 보고 있는 광경은 두 눈을 의심케 했다.

"과인이 술을 너무 많이 마셨는가?"

"아닙니다! 현실입니다! 제발 정신 차리십시오!"

근위 기사는 강하게 말했다.

황제와 제후들은 그야말로 미쳐 날뛰고 있었다. 순식간에 성벽 위의 병사들이 정리되어 가고 있었다.

성벽 아래에서 화살을 날려 보지만 화려한 갑옷을 입은 황제는 그것을 모조리 피한 후에 기사들마저 처리하고 있었다.

두두두두!

그리고 저 멀리 대군이 단숨에 수도를 집어삼킬 것처럼 몰려오고 있었다.

일촉즉발의 위기 상황.

이런 상황에서도 마녀이자 공왕비인 탈라스는 별일 아니라는 듯이 비스듬하게 누워 담배 연기를 들이켰다.

"전하, 너무 걱정하지 마세요."

"어찌 걱정이 안 되겠소? 제국에서 쳐들어왔지 않소."

"이미 의식은 거의 끝났답니다."

탈라스는 곰방대를 재떨이에 털어 내고 일어났다.

아름다운 나신이 기사들의 눈을 현혹했다. 그녀는 옷도 입지 않은 채로 공왕에게 다가왔다.

그리고 이어지는 긴 키스.

공왕의 눈이 흐리멍덩하게 풀린다.

"크흠, 크흠."

매우 민망한 상황이었다.

공왕과 공왕비가 사랑을 나누는 것이 뭐가 문제이겠느냐만, 지금 상황을 생각하면 매우 부적절했다.

적들의 군대가 바로 코앞까지 쇄도했고, 그마저도 수도가 무너져 내리고 있었다.

긴급하게 대피하든지, 그것도 아니면 직접 검을 들든지 해야 하는데 한없이 여유롭기만 했다.

탈라스의 입술이 공왕에게서 떨어졌다.

"잠시만 시간을 벌어 주세요, 내 사랑."

"정말 가능하겠소?"

"준비는 이미 끝난 상태였거든요. 아이들의 정혈을 더 뽑아 좀 더 안정적으로 소환을 하려 했었는데 상황이 이러하니."

탈라스가 돌아섰다.

그녀의 전신에 새겨진 검은 문신에서는 마기가 꿈틀거렸다.

대악마 소환이 머지않았다.

그들의 목표는 마왕의 소환이다. 그것이 불가능하다면 최소한 지옥 사대 천왕 중 하나는 소환을 하게 될 것이다.

아무리 황제가 강하다고는 해도 지옥의 대악마가 나타나면 절대 승리할 수 없다.

그때가 되면 악마의 군대까지 소환하여 역으로 쳐들어갈 것이다.

"그대만 믿소. 과인의 갑옷을 준비하라."

"예!"

공왕은 최대한 적들의 진격을 저지시켜 보기로 했다.

앞으로 30분.

탈라스가 제시한 시간이었다.

황제의 진격.

제후들은 물론이고 기사들까지 그 모습에 감명 받아 미친 듯이 날뛰었다.

이미 황제의 무용은 산맥에서 증명된 바 있었다.

황제는 언제나 기대 이상의 모습을 보였으며, 최전방에서 검을 휘두르니 사기가 오르지 않는 것이 더 이상한 일이다.

성문이 뚫린 요새는 더 이상 요새로서의 기능을 할 수 없다.

순식간에 성난 군대가 마키나를 휩쓸었다.

항복하는 자는 포로로 삼고, 반항하는 자는 모두 죽인다.

겨우 3천도 되지 않는 병력으로 6만의 군대를 막을 수는 없었다. 또한 무력을 최고의 가치로 치는 제국과 공국 병사들의 차이도 확실했다.

제국군 평균 레벨은 50대 중반.

하나같이 철기로 무장하였고 그 수련 또한 깊었다.

병사들의 지상 목표가 기사를 거쳐 제후가 되는 것인 이상, 징집되어 간신히 숫자나 채우고 있는 공국의 군대는 상대가 되지 않는 것이다.

이것이야말로 제국의 진정한 위력이었다.

율리우스 왕국과 전쟁이 터진다고 해도 제국이 패할 것이라고 생각하지 않는 이유이기도 했다.

"와아아아! 쓸어 내라! 폐하께서 함께하신다!"

"황제 폐하를 위하여!"

타로스와 제후들은 미친 듯이 날뛰었다.

공국의 수도가 반 이상 점령되었을 때, 레베카의 목소리가 들려왔다.

"폐하, 이제 나머지는 병사들에게 맡겨도 될 것 같사옵니다."

"그런가."

타로스는 퍼뜩 정신을 차렸다.

지금까지 마력이 들지 않는 초공간 이동과 단순한 칼질만으로 적들을 주살해 왔다.

아마 다른 자들이 보기에는 타로스가 잔상을 남기며 고속 이동을 하였기에 무슨 대단한 검술을 펼쳤다고 생각할 것이다.

황제의 검을 제대로 본 자들도 적었고, 단순한 칼질만으로도 병사들을 썰어 버릴 수 있었으니까.

타로스가 검을 거두고 물러나자 기사들이 호위를 했다.

제후들도 황제를 쫓아 돌아왔다.

"폐하! 대승을 감축 드리옵니다!"

"감축 드리옵니다!"

비명 소리가 메아리치는 전장.

제후들은 피를 뒤집어쓰고 흥분에 겨워했다.

황제가 돌아오지 않았다면 또다시 날뛰고 싶어 몸이 근질거리는 모양이다.

하나같이 괴물 같은 자들.

이런 야생마 같은 놈들이었지만, 일말의 자제심은 있었다. 그래도 제후였기에 피에 미쳐 이성을 잃지는 않았다.

"공왕궁만 남았는가."

"저곳도 금세 점령될 것으로 보이옵니다."

이제 타로스의 충실한 추종자가 된 베르나 백작이 보고

를 해 왔다.

귀족파 귀족들의 표정 자체가 변해 있었다.

황제가 산맥에서 실력을 보이고 더욱이 성벽까지 단숨에 날려 버리는 것을 본 이후에는 대적할 생각을 머릿속에서 지워 버렸다.

타로스는 꽤 만족스럽게 고개를 끄덕였다.

"기다리지."

타로스가 손짓을 하자 바로 의자가 대령된다.

황제의 뒤로 제후들이 피를 잔뜩 뒤집어쓰고 서 있자 마치 지옥의 사령관이 악마들을 보내 공국을 정벌하는 모양새다.

"늦지 않았으면 좋으련만."

"늦지 않았을 것이옵니다."

순식간에 도시까지 점령해 버리고 각종 주요 건물들을 불태웠다.

공국 기사들은 전멸했고, 병사들은 항복을 하기에 바빴다.

이제 남은 것은 공왕궁뿐이었다.

"음?"

그러던 어느 순간에 타로스는 왕궁에서 어마어마한 마기가 뿜어지는 것을 보았다.

쿠구구구!

지진이 일어난 듯이 땅이 흔들리기 시작하자 타로스는 바로 진격 중지 명령을 내렸다.

"전속력으로 퇴각하라 일러라! 최소한 짐이 앉아 있는 선 뒤로 물러나야 한다!"

"예!"

뿌우!

퇴각을 알리는 나팔이 울리자 살육에 미쳐 있던 병사들이 바로 정신을 차리고 뒤로 물러났다.

기사들은 병사들에게 고함을 쳤고, 전 병력은 그대로 선회하여 이동했다.

제국에서 이곳까지.

악마를 토벌한다는 명분으로 거액을 들여 고용한 사제들이 모습을 드러냈다.

그들은 마기가 줄기줄기 뿜어져 검은 연기까지 피어 올리고 있는 공왕궁을 바라보며 성호를 그었다.

"오, 가이아시여, 저희를 구원하소서!"

"자비로우신 어머니! 저들을 벌하소서!"

분위기가 심상치 않게 돌아가고 있었다.

이건 분명히 소환 의식이 성공한 것이었다. 그렇지 않고서야 이러한 현상은 말이 되지 않았다.

타로스의 얼굴이 일그러졌다.

"이미 늦었는가."

쿠구구구구!

콰아아앙!

공왕궁이 박살 나며 거대한 몸체를 가진 괴물이 모습을 드러냈다.

수십 미터에 이르는 근육질의 화염 악마가 나타나자 모든 사람들의 눈동자에 경악이 어렸다.

화염의 폭풍이 사방으로 몰아치며 입에서는 푸른 불꽃을 뿜어내고 있는 괴물.

한 손에는 철퇴를, 한 손에는 불타는 채찍을 쥐었으며, 거대한 뿔을 달고 있는 진정한 악마였다.

타로스가 설정한 그대로의 모습이었다.

힘의 대악마 발로그의 강림이다.

발로그 LV. 100

지옥의 4대 군주

실로 경악스러울 만큼의 설명이었다.

지옥의 군주 중 하나.

레벨이 100이라는 것은 실질적으로는 그 이상일지도 모른다는 뜻이다.

레벨 표시는 100이 한계였으니까.

원작에서는 타로스 황제가 단숨에 썰어 버렸지만, 사실

지옥의 군주는 지상의 대재앙이나 마찬가지였다.

어떤 의미로 보면 타로스가 원정 중에 죽었던 카이너스보다 더한 존재였다.

-꾸와와와왁!

"큭!"

"크윽!"

발로그의 비명에 사람들이 귀를 틀어막고 주저앉았다.

도저히 인간의 힘으로는 어찌할 수 없는 존재가 등장하였기에 본능적인 두려움에 뒷걸음질을 쳤다.

그나마 제후들이나 기사들은 간신히 그러한 공포감을 견뎌 내고 있었다.

발로그가 거대한 철퇴를 치켜들고 외쳤다.

-지상에 지옥이 도래하리라. 영겁의 저주가 내릴 것이며, 모든 영혼은 불타는 화염에서 고통을 받으리라.

타로스는 슬슬 자리에서 일어났다.

황제가 천천히 이동하자 발로그도 그 존재를 알아봤다.

대악마가 흥미로운 표정으로 타로스를 바라봤다.

-인간을 초월한 존재가 이 땅을 다스리고 있었구나. 그러나 이제 그대의 놀이도 끝이다. 지상에는 진정한 지옥이 강림할 것이니.

타로스의 입이 천천히 열렸다.

"그래, 유언은 끝났느냐?"

§ § §

다이온 공왕궁 지하 감옥.

음습하게 흐르고 있는 마기, 축축한 공기, 피비린내가 진동하는 잔혹한 광경들까지.

인세의 지옥이 존재한다면 이곳이 아닌가 하는 착각까지 드는 가운데 한 마녀가 미친 듯이 광소를 흘렸다.

"꺄하하하하! 드디어 위대하신 분이 소환됐어! 그래, 나는 세상을 지배하게 되는 거야. 자비로우신 마왕 폐하의 은혜로!"

탈라스의 모습은 광기 어린 마녀 그대로였다.

양손에는 심장을 쥐었으며, 한겨울임에도 불구하고 나신으로 피를 뒤집어쓰고 있었다.

미천한 신분에서부터 공왕비까지.

그녀에게 악마가 속삭인 것은 우연이 아닌 필연이었을 것이다.

그리고 이 순간, 탈라스는 세상을 가졌다.

제국 따위는 문제도 아니었다.

지옥의 군대가 소환된다면 순식간에 대륙 전체를 피로 물들여 버릴 수 있었을 것이므로.

지옥의 문이 대악마를 소환한 후유증으로 일렁거렸다.

그 안에서는 강대한 마기가 흘렀으며, 마령회에 소속되

어 있던 어둠의 사제들은 무릎을 꿇고 엎드려 머리를 조아렸다.

숨이 막힐 듯한 긴장감이 흘렀다.

지하 감옥은 이제 지하라고 부를 수 없게 되었다. 지옥의 대군주 발로그가 소환된 이후 뚫려 버렸으니까.

공국의 군대를 지휘하던 다이온 공왕과 탈라스의 눈이 마주쳤다.

"이제 너 따위는 문제도 아니지."

"뭣이!?"

"이, 나의 손에 세상이 들어올 테니까."

"지금 뭐라고……."

다이온 공왕이 허탈한 표정으로 탈라스를 바라보고 있을 때였다.

하늘이 어두워지며 거대한 발이 내려오고 있었다.

그건 바로 발로그의 묵직한 발이었고, 연약한 여성이 결코 견딜 수 없는 무게를 선사할 터였다.

그러나 완전히 이성이 나간 탈라스는 그것이 마신의 축복이라고 여겼다.

"공왕비 전하! 피하십시오!"

"이 나약하기 짝이 없는 육신을 벗고 새로운 육체를 주시려 함이니."

"전하!"

콰앙!

꽈직!

그대로 탈라스의 육체는 한 줌의 핏물이 되었다.

"……."

세상을 지배하겠다는 야욕을 드러낸 것치고는 허무한 죽음이었다.

마녀가 죽자, 공왕의 눈에서 정기가 돌며 암시에서 깨어났다.

다이온은 채찍을 들고 전투를 준비하고 있는 30미터 크기의 거대한 덩치의 발로그를 바라봤다.

무지막지한 화염이 일렁거렸고, 지옥의 불은 점차 사방으로 번져 나가고 있는 시점이었다.

탈라스는 이 세상 사람이 아니게 되었다.

자신을 소환한 악마의 하수인 따위는 문제도 아니라는 듯, 그대로 밟아서 뭉갰다.

그녀가 부활하지 않자, 다이온 국왕은 자신이 뭔가 큰 실수를 했음을 깨달았다.

"지, 진정한 악마……. 도대체 우리는 뭐였던가."

가만히 제국을 자극하지 않고 있었다면 제후국으로 남았을 수도 있었다.

비록 나라는 가난했지만 명맥을 유지하며 기회를 노려볼 수도 있었을 것이다.

인간의 욕심이 죽음을 불러일으켰다.

공국은 오늘 멸망한다.

제국군 진영.

제국의 병사들은 물론이고 기사들, 제후들, 심지어 공국의 백성들까지 모두 얼음이 됐다.

제국에 대적하여 왕국으로 격상하고 진격하자는 여론에 광분했던 백성들은 공왕가가 무슨 짓을 했는지 깨닫게 되었다.

애초에 마령회 자체가 공왕가와 귀족들을 중심으로 퍼진 것이었기에 지옥의 군주가 이 세상에 소환되었다는 것에 큰 충격을 받았다.

누구도 움직이지 못했다.

어차피 도망을 친다고 해도 죽임을 당할 것이 확실했다. 저런 거대한 존재의 손에서 벗어난다는 것은 불가능한 일이라고 여겨졌다.

유일하게 황제만이 여유로운 표정을 짓고 있을 뿐이다.

아니, 원래부터 황제는 권태로움에 둘러싸인 존재였는데, 지금 이런 순간에도 평소와 다름없는 표정을 짓고 있었다.

침묵을 깨고 베르나 백작이 입을 열었다.

"이번에는 도저히……."

"닥치게."

"하지만."

"폐하께서는 승리하실 것이니."

그랑카인 후작이 베르나 백작의 입을 막아 버렸다.

비록 그랑카인 후작이 궁정 귀족이었지만, 실력으로 따지자면 베르나 백작의 한 수 위였다.

궁정 귀족과 제후는 그 성격이 달랐지만, 제국은 강자를 우선시하는 국가.

연배로 보나 마법에 통달한 그랑카인 후작의 무력으로 보나 베르나 백작이 밀린다. 그렇기 때문인지 베르나 백작은 궁정 귀족의 역정에 반박할 수 없었다.

그저 위험성에 대해 말할 뿐이었다.

"드래곤이 제국의 운명을 좌우할 강자라면, 지옥의 군주는 대륙의 운명을 좌지우지할 존재입니다. 아무리 폐하라고 해도."

"폐하께서는 승리하신다."

파아앙!

황제에 대한 믿음과 죽음의 공포가 공존하고 있는 제국군 진영.

모두가 혼란스러워하고 있는 순간, 황제가 날아올랐다.

아니, 날아오르는 것처럼 보였다.

순식간에 발로그와 거리를 좁혀 한 건물의 외벽 위로

올라섬과 동시에 발로그의 철퇴가 내리꽂혔다.

콰아아아앙!

쩌저정!

"큭!"

차라리 베르나 백작은 눈을 감아 버렸다.

너무 빤히 보이는 황제의 패배였다.

마기가 잔뜩 실려 있는 발로그의 철퇴를 막아 낼 수는
없을 것이다.

한 줌의 핏물이 되어 사방으로 비산하였으리라.

"⋯⋯."

그러나 어디에서도 절망적인 소리는 들려오지 않았다.
하다못해 건물이 부서지는 소리도 들리지 않았다.

─이게 무슨?

당혹스러워하는 발로그의 목소리.

그 이후 온갖 공격들이 황제에게 쏟아졌다.

순식간에 황제의 주변은 폐허가 되어 갔다. 화염이 치
솟고 채찍이 작렬하며 거대한 마기가 내리꽂혔다.

먼지가 자욱해진다.

그 사이로 황제의 목소리가 들렸다.

"이 정도가 끝이라면 실망인데?"

─이럴 리가 없다! 분명히 나는 지옥의 4대 군주⋯⋯.

"할 말이 이리도 없느냐. 네놈은 창의력을 키우는 연습부터 하거라."

황제가 그 자리에서 사라졌다.

그리고 사람들은 보았다.

이제 황제의 트레이드마크나 다름없는 오색의 원소가 발록의 몸에 닿는 모습을.

쿠아아아앙!

"허어!"

"뭐, 이런!?"

단번에 발로그의 몸이 부서져 내리고 있었다.

드래곤이 그랬던 것처럼, 사막의 왕이 그러했고, 지금까지 황제에게 도전해 왔던 온갖 괴물들이 그랬던 것처럼.

그렇게 발로그는 검은 핏물이 되어 쏟아졌다.

좌아아아아!

타로스는 검은 비를 앱솔루트 배리어로 막고 있었다.

딱히 발로그의 피가 유해하다고 여기지는 않았지만, 마기로 옷이 얼룩이 지면 빠지지 않을 것 같아서다.

'레벨이 꽤 올랐는데.'

타로스는 만족스럽게 입꼬리를 뒤틀었다.

지금까지 무슨 짓을 해도 레벨이 잘 오르지 않았다.

고레벨의 몬스터를 죽여도, 오늘 전투에서 수많은 기사

들을 도륙했어도 꿈쩍도 하지 않았는데 레벨이 5개나 올랐다.

보너스 스탯은 20개.

마력으로 환산하면 200이나 되었기에 이번에는 모조리 마력으로 밀어 넣었다.

공왕궁은 완전히 반파가 되었다.

이래서야 공왕가의 보물인 유물을 찾을 수 있을지 걱정이 될 정도다.

이런 사소한(?) 걱정을 하고 있는 사이에 그에게 쏟아지는 따가운 시선이 느껴졌다.

마계의 4대 군주 중 하나가 직접 튀어나올 줄은 그 누구도 예상할 수 없었고, 세상이 멸망할 수도 있을 거라고 생각한 자들이 적지 않았다.

그런데 그런 괴물을 일개 인간이 처리해 버린 것이다.

사람들이 느끼고 있는 놀람은 상상을 초월한 것이었다.

오늘 이후로 소문이 번져 나갈 테지만, 타국의 귀족들이 들으면 코웃음을 칠 만큼 말도 되지 않는 업적이었다.

그 경외감에 제후들이 먼저 무릎을 꿇고 머리를 조아렸다.

기사들의 부복이 이루어졌고, 병사들 그리고 심지어는 적으로 싸우던 공왕가의 군인들도 황제에게 머리를 숙였다.

상황을 인지한 백성들도 마찬가지였다.

로빈슨 단장의 우렁찬 목소리가 퍼져 나갔다.

"황제 폐하 만세!"

"만세!"

"황제 폐하 만세!"

"만세!"

이러한 구호는 한참이나 이어졌지만, 타로스는 그 광경을 물끄러미 바라보고 있었다.

저벅저벅.

황제가 움직이기 시작하자 모든 사람들이 입을 다물었다.

신기한 광경이었다.

이곳에 모인 자들이 한둘도 아니었기에 일제히 입을 다물기란 쉬운 일이 아니었다.

그럼에도 불구하고 사람들은 그저 황제의 움직임만 보고 있을 뿐이었다.

타로스는 하늘을 올려다봤다.

"아이들을 구하라. 아직 제군들의 임무는 끝나지 않았다. 천인공노할 놈들. 짐은 오늘 공왕가를 멸망시키리라."

사후 처리가 시작됐다.

이제 백성들은 공왕가의 배후에 마령회가 있었음을 인식했다.

최근 들어 공국의 아이들도 대거 사라지는 현상을 보였는데, 아이들이 구출되기 시작하자 그런 짓을 자행한 놈들이 누군지 확실히 인식하게 되었다.

백성들은 마계의 군주가 소환된 장면을 보았다.

이 두 가지 사실만으로도 충분히 마령회가 어떤 놈들인지, 공왕가가 지금까지 무슨 짓을 하였는지 충분히 알 수 있게 되었다.

오늘의 일은 소문이 충분히 나서 공국 전체로 퍼져 나가야 하지만, 수도의 백성들은 제국의 지배를 순순히 받아들였다.

그들의 입장에서는 제국의 지배를 받는 것보다 공왕가가 다시 지배하여 공국 전체를 악마에게 팔아 버리는 것이 더욱 두려웠다.

포로로 잡힌 병사들이나 기사들은 순순히 제국에 항복했고, 또한 귀부를 요청하였다.

지금껏 악마의 하수인으로 살았으니 이제는 신의 자식들로 살아가겠다고 맹세한 것이다.

타로스는 마키나의 중앙 광장에서 공개적으로 보고를 받았다.

"폐하! 제국과 공국의 아이들을 포함하여 2천 명을 구조하였사옵니다."

"2천 명이라. 나머지는?"

"아뢰옵기 황공하오나 모두 제물로 바쳐졌습니다."

"아아!"

모든 사람들이 탄식했다.

제후들부터 시작하여 백성에 이르기까지.

동시에 공국의 공왕이 이런 짓을 한 것에 대해 분노했다.

황제가 막았기에 망정이지 발로그를 죽이는데 실패하였다면, 그 충격이 대륙 전역을 휩쓸었을 것이다.

그때에는 대륙의 멸망을 걱정해야 한다.

발로그를 소환한 마녀가 단숨에 악마에게 밟혀 죽었다는 말이 퍼지자 이러한 가정은 확신이 되었다.

악마 놈들은 인간에게 관심이 없다.

오직 이용의 대상이었으며, 이용하고 난 이후에는 팽한다.

이것이야말로 악마의 본성인 것이다.

타로스는 깊은 한숨을 내쉬었다.

원작의 타로스가 보았다면 어땠을지 모르겠지만, 그저 일개 인간인 그로서는 이번의 사건이 꽤나 충격적이었다.

이미 알고 있었음에도 그랬다.

"대사제."

"예, 신의 사도이시여!"

사제복을 걸친 늙수레한 노인이 타로스 앞에 무릎을 꿇

었다.

아무리 황제라고 해도 신을 모시는 사제가 신을 제외한 사람에게 무릎을 꿇는다는 것은 있을 수 없는 일이다.

그러나 마계의 군주를 죽여 버린 황제는 신의 사도라고 불러도 어색함이 없었다.

"희생된 아이들의 영혼을 기리는 위령제를 준비하라. 그들이 지옥으로 가지 않고 천국으로 갈 수 있도록 대사제가 책임지고 인도하라."

쿵!

대사제가 무릎을 꿇은 채로 머리를 조아렸다.

가만히 상황을 지켜보고 있던 로빈슨 단장이 물어왔다.

"폐하, 공왕을 비롯한 귀족들이 체포되었습니다. 그들은 어찌할까요?"

"화형을 시켜라."

타로스는 담담하게 그들에게 죽음을 선고했다.

제4장
사후 처리

공국에 대한 사후 처리는 빠르게 이루어졌다.

지금은 2월 중순.

사후 처리를 모두 마치고 제도로 복귀하면 3월 초는 될 것으로 예상됐다.

결국 율리우스 왕국과의 개전은 한 달 정도는 미루어질 수밖에 없었지만, 최대한 시기를 앞당길 필요는 있었다.

먼저 수도 마키나에 남아 있는 왕가의 인물들과 귀족들은 모조리 잡아 화형 시켰다.

이에 타로스는 공국의 멸망을 공식적으로 선언하고 제국으로 편입했다.

정식 명칭은 다이온 직할령.

황제 직할령에 편입되는 것이었으며, 수도의 백성들은

이를 반겼다.

사후 처리의 두 번째는 구휼이다.

이곳 다이온은 원래 제국에서 곡물을 수입하여 부족한 부분을 채우던 국가였다. 평야 지역이 없는 건 아니었지만, 산악 지형이 대다수라 곡식이 절대적으로 부족했다.

올해 제국은 기근이 들었기에 다이온의 형편은 말이 아니었다.

타로스는 수도의 귀족들과 공국 창고를 털어 백성들을 구휼했다.

그들의 창고마다 곡식이 가득하였다는 사실은 곧 백성들을 분노케 하였고, 누구도 공왕가를 지지하지 않았다.

독립 여론을 펴던 작자들도 대악마를 눈앞에서 보고 나니 도저히 공국을 지지할 수 없게 됐다.

세 번째는 다이온 각지에 대악마의 출현을 퍼뜨리는 것이었다.

상단과 통신구를 비롯한 모든 수단을 동원하여 공왕가와 귀족들이 지옥의 대군주 발로그를 소환했다는 사실을 퍼뜨렸다.

공국과 제국의 아이들이 희생된 이유는 대군주 소환 때문이라고.

며칠이 지나지 않아 공국 전체에 여론이 들끓었다.

단숨에 민란이 일어났으며, 병력이란 병력은 죄다 국경

으로 밀어 넣은 귀족들은 죽음을 면치 못하였다.

황제는 그렇게 알아서 상황이 정리된 영지들을 보며 흡족해했다.

"……그리하여 백성들을 치하하고 귀족들이 영지에 축적해 두었던 식량들은 모두 나누어 주었습니다."

타로스의 명령으로 공국 전역을 휩쓸었던 베르나 백작의 보고였다.

그 밖에도 각 영지들과 공왕가의 창고를 털어 끌어모은 자금도 상당할 것이다.

"전리품은?"

"각 상단에 현물로 매각한다고 가정하면 현 시세로 대략 1억 골드에 달할 것으로 보입니다."

"1억 골드라."

많다면 많고 적다면 적은 돈이다.

제국 황실의 한 해 예산이 2억에서 3억 골드 사이다.

황실이 지고 있는 부채가 거의 10억 골드에 육박한다는 것을 생각해 보면 그리 크지 않은 금액인 것이다.

그래도 공국치고는 알차게 모은 편이다.

"5천만 골드는 황가에 귀속하고, 나머지는 분배한다."

"존명!"

타로스는 시원하게 자금을 사용했다.

공국 각지를 털며 알게 모르게 제후들이나 기사들, 병

사들이 호주머니를 채운 것은 알고 있었지만 타로스는 굳이 거론하지 않았다.

그런 사소한(?) 문제들까지 단속한다면 누구도 전쟁에 나서려 하지 않을 테니까.

"아직 정리되지 않은 귀족들이 꽤 있을 터."

"예, 정리 중에 있습니다."

"최대한 빠르게 처리해야 한다."

"서두르겠사옵니다."

타로스는 다음 행보를 시작했다.

원작의 황제였다면 결코 하지 않았을 일이었지만, 군주라면 마땅히 해야 할 행동을 취했다.

먼저 아이들에 대한 건이다.

공국의 아이들은 모두 부모의 품으로 돌려보냈다.

제국의 아이들 1,500명은 타로스가 복귀를 할 때 함께 데려가기로 했다.

그 전까지 천 명 정도의 아이들은 위탁 가정의 형식으로 맡겨 두었다. 제국에서 자금을 지원하여 아이들을 몇 주일 정도 보살펴 달라고 부탁한 것이다.

공국의 백성들은 흔쾌히 받아들였다.

갖은 노력에도 불구하고 200명 정도의 아이들은 오갈 곳이 없었다. 최대한 병영 등에 수용한 후, 그래도 안 되면 신전에 맡겼다.

그리고 오늘.

타로스는 가이아 신전을 찾아 몇 가지 부탁을 하기로
했다.

호위로 세실리아와 레베카를 포함한 수십의 병력만 동
원한 후에 간식거리들을 수레에 가득 싣고 왔다.

신전의 마당에서 아이들은 타로스를 발견하자마자 달
려왔다.

"황제 폐하다!"

"우와아아!"

레베카와 세실리아가 앞을 가로막으려 하였지만, 타로
스가 그녀들의 어깨를 짚었다.

"그냥 두어라."

"하오나."

"아이들이 짐에게 어떤 위해를 가하겠는가. 저 아이들
역시 짐의 백성이다."

"……예."

레베카와 세실리아의 눈에 이채의 빛이 흘렀다.

항상 권태감에 절어 있던 황제의 입가에 미소가 슬며시
지어지는 것을 보았기 때문이다.

그녀들이 알기로 황제가 이 정도까지 감정을 드러낸 적
은 처음이었다.

그리고 황제가 보인 다음 행동에서 그녀들은 경악하고 말았다. 아이들과 눈높이를 맞추기 위해 한쪽 무릎을 꿇은 것이다.

"헉!"

"아니, 폐하께서 무릎을…….."

아이들이 타로스에게 안겼다.

제국의 아이들은 풍문으로라도 타로스가 자신들을 위하여 죽음의 산맥을 넘어 단숨에 진격해 왔다는 것을 알고 있었다.

죽을 뻔한 위기에 빠져 있던 아이들이 극적인 순간에 구조됐다.

이는 단숨에 황제와 백성들 사이에 있던 간극을 좁혀주는 계기가 됐다.

"자, 여기 간식을 가져왔노라."

"감사합니다, 폐하!"

"많이 먹어라. 돌아가기 전까지 사제들의 말을 잘 들어야 한다."

"네!"

타로스는 아이 둘을 양팔에 안았다.

사탕을 입에 물고 우물거리는 아이들에게 타로스가 물었다.

"빵은 잘 먹고 있느냐?"

"네, 사제님들이 아주 잘해 주고 있어요."

"그래, 앞으로도 씩씩하게 있어야 한다."

"감사합니다. 폐하 덕분에 살았어요."

아이는 환하게 웃었다.

황제가 보이고 있는 의외의 모습에 기사들도, 병사들도 꽤 당혹스러워하고 있었다.

그들의 콧등이 시큰해진다.

황제는 분명히 이번 사건을 무시할 수 있었다.

대전쟁까지 예고된 상황에서 재정 출혈을 감수하면서까지 병력을 동원하고 직접 몸을 움직인다는 것은 상당한 무리였다.

공국은 추후 응징을 해도 되었으나, 황제는 바로 선전 포고를 날리고 죽음의 산맥을 넘었다.

아이들을 위해서가 아니라면 결코 이런 무리를 할 필요는 없었다.

오직 황제는 제국의 아이들을 위하여 움직였다고 보는 것이 타당했다.

그것만 해도 위대한 결정이라 할 만하였으나 이번에 타로스는 가이아 신전에 통 큰 기부까지 했다.

아이들을 맡기면서 잘 부탁한다고 무려 10만 골드나 전달했던 것이다.

지옥의 대군주를 처치한 타로스는 성인으로 추앙받고

있었는데, 이렇게 신경을 써 주니 황제의 인덕이 대단하다고 사제들 사이에서도 평판이 자자했다.

병사들이 감격에 젖어 있을 무렵, 저 멀리서 다이온 지부를 책임지고 있는 대사제 맥시온이 흰 수염을 휘날리며 달려왔다.

"허허허! 성인의 방문을 환영합니다."

"성인이라니. 가당치 않다."

"대악마를 무찌르시고 이런 선정을 베푸시니, 이미 가이아 신전에서는 폐하를 성인으로 추대하기로 결정하였습니다."

"앞으로 전쟁을 일으키고 수많은 사람들을 죽일 짐이다."

"결국 그것은 영구적인 평화를 위함이 아니겠는지요?"

"……."

분명히 타로스는 그렇게 말했었다. 대륙을 일통한 후에 일체의 분쟁을 없애 버리겠다고.

불멸왕이 존재하는 이상 다시 대륙은 분열되지 않을 것이고, 가이아 신전에서는 아예 타로스를 지지하는 상황에까지 이르렀다.

원작에서 가이아 신전은 플레이어를 도와 제국을 정벌하는 역할을 수행하였는데, 지금은 타로스의 행보로 인하여 그 반대가 된 모양이다.

어쨌든 나쁜 일은 아니다.

"맥시온 사제, 짐이 부탁을 하나 하려 한다."

"하시지요."

"마령회는 완전히 뿌리 뽑을 것이니 성기사와 사제들을 동원하여 공국 각지와 제국에 스며든 일부 세력들을 청소할 것을 청한다."

"빛을 모시는 자로서 당연히 해야 하는 일입니다. 그렇지 않아도 가이아 신전 총본단에서 성기사단을 파병하기로 결정했습니다. 사제들도 마찬가지죠."

"두 번째, 죽은 아이들은 최대한 신원을 파악하여 화장해 유골이라도 가져가려 한다. 묻히더라도 고향에서 묻히는 것이 낫지 않겠느냐."

"그건…… 맞는 말씀입니다."

맥시온은 깊게 허리를 굽혔다.

"용건은 이것으로 끝이다."

"폐하, 이번에는 가이아 신전에서 온 소식을 전합니다."

"가이아 신전에서?"

"저희 가이아 신전에서는 폐하의 전쟁을 지지하기로 하였습니다. 이 마령회라는 곳은 공국뿐만이 아니라 대륙 각지에서 활동하고 있는 바, 모조리 뿌리를 뽑아 버리고 영구적인 평화가 정착할 수 있도록 보조하겠다는 입장이지요."

"그래?"

"윤허가 필요한 상황입니다."

의외의 참전이었다.

단순히 타로스를 지지한다고 생각했는데, 먼저 전쟁에 동원되겠다고 말할 줄이야.

"신전의 도움은 언제라도 환영이다."

황제의 뜻을 받들어 위령제가 시작됐다.

이번 사건으로 인하여 죽은 아이들과 병사들까지.

가이아 신전은 그들의 넋을 위로하고 영혼을 천국으로 인도하는 제사를 지냈다.

제국의 귀족들이나 기사들은 이를 황제의 당연한 행보로 보았으나, 굳이 이렇게까지 할 필요가 없는 것도 사실이었다.

의식이 진행되는 내내 기사들은 황제의 행보에 대해 이야기하기 바빴다.

"레베카 님, 폐하께서 정말로 애민 정신이 있는 걸까요?"

"보면 모르겠나."

"너무 급작스러워서……. 감정이란 없는 분으로 생각되었는데 말이죠."

"그렇게 보이는 것뿐이지. 설마 경은 인간을 겉모습으

로만 판단하려는 건 아니겠지?"

"설마요."

황제는 위령제가 진행되는 내내 꿈쩍도 하지 않았다.

평소처럼 비스듬하게 누워 있는 것이 아니라 정좌를 한 채 눈을 감고 있었다.

그러한 모습에 많은 이들이 감화됐다.

저 냉혈한처럼 보이는 겉모습 안에는 따듯한 마음이 있을 거라 확신하게 되었다.

위령제가 무사히 끝나고 황제가 자리에서 일어났다.

장내는 울음바다였다.

백성들부터 시작된 슬픔은 병사들에게, 그리고 기사들에게, 끝내 제후들에게까지도 전염시켰다.

유일하게 황제만이 무심한 표정을 유지할 뿐이었다.

"제국의 백성들이여, 오늘 우리는 악의 잔재를 보았으며 그로 인하여 얼마나 많은 사람들이 피해를 보았는지 보았다."

"……"

사람들은 연신 고개를 끄덕였다.

마령회로 인한 피해는 말로 다할 수가 없는 것이었다.

타로스의 한마디가 심금을 울렸다.

"일어나라, 백성들이여. 악마의 뿌리를 뽑아 다시는 이런 슬픔을 당하지 않도록 해야 할 것이다. 짐은 선언한다.

지금 이 순간부터 악마들이 존재하는 모든 땅을 뒤집어 정화할 것을. 다시는 이러한 비극이 일어나지 않도록 할 것이다."

장내가 숙연해진다.

이것을 정치적인 행보로 보는 사람은 많지 않았다.

정말로 악마들에게 원수가 진 사람처럼 완전히 뿌리를 뽑아 버리겠다고 선언한 황제.

그 모습에 감화된 누군가가 외쳤다.

"폐하의 행보에 동참하게 해 주세요!"

"동참하겠습니다!"

"참전을 허락하소서!"

"참전하겠습니다!"

타로스는 가볍게 고개를 끄덕였다.

"모두가 할 일은 있을 터. 그 마음이라도 함께한다면 이 땅에 악은 뿌리 뽑히고 영구적인 평화가 도래할 것이다."

§ § §

지난 일주일은 그야말로 폭풍과 같았다.

구 다이온 공국 내에서는 급격한 변화들이 이루어졌다.

전국 각지에서 백성들이 들고일어났으며, 성기사들과

사제들이 파견되어 정화 작업을 단행하였다.

가장 큰 변화는 국경 영지다.

공왕가나 귀족들 사이에 마령회가 깊숙하게 침투되어 있다는 소문이 퍼지고, 가이아 신전이 움직이기 시작하자 기사들과 병사들이 반란을 일으켰다.

방어 사령관인 발카스 백작과 그 일가는 반항도 못 하고 처형됐다.

그 이후 5만의 병력이 제국에 귀부하였으며, 타로스는 그들을 자치군으로 편성하고 각지로 파견하였다.

직할령 전체가 안정되고 있었으나 여전히 위협은 남아 있었다.

왕제 루드비히 공작이 여전히 토벌되지 않고 있었던 것이다.

우선 타로스는 루드비히 공작을 치기 위한 병력을 구성하고 물자를 모으는 등 한 번 더 진격할 준비를 시작했다.

루드비히 공작령을 정리하는 것을 끝으로 환궁할 계획도 세웠다.

시간은 흘러 2월 말.

제국 직할령으로 편입된 다이온 영지에 관료를 파견하는 한편, 여러 가지 지원책을 마련하는 등의 정무를 끝낼 즈음이었다.

"폐하, 지시하신 인물을 찾아냈습니다."

"어디에 있었던가."

"그것이…… 다이온 영지의 수도인 마키나의 한 허름한 상점을 운영하고 있다고 하옵니다."

"마키나에? 등잔 밑이 어둡다더니……."

"황공하옵니다."

타로스는 구 공국을 해체하고 병합하는 작업을 하는 동시에 두 가지 일을 황실 기사들에게 지시하였다.

하나는 공국의 보물인 현자의 팔찌를 찾아내는 것과 미래의 대연금술사인 제스를 찾는 일이었다.

현자의 팔찌는 무너진 공왕궁 지하에 처박혀 있을 것이 확실하였으므로 열심히 병사들이 삽질을 하고 있었고, 대연금술사 제스는 이름과 특징만 황실 기사들에게 알려 주고 찾으라고 명령했다.

현자의 팔찌는 기간 내에 찾을 수 있을 것으로 생각됐지만, 대연금술사 제스는 어디에서 활동하고 있는지 전혀 알 수가 없었다.

그런 와중에 마키나에서 작은 포션 상점을 운영한다는 제보가 있었다.

"안내하라."

"예? 데려오라 명령하시는 것으로 충분합니다."

"직접 가겠다."

"존명."

보고를 올리는 레베카는 도대체 황제가 왜 직접 행차하겠다는 것인지 알 수가 없었지만, 명령이기에 따랐다.

황실 직할령 다이온의 수도 마키나 상점가.

타로스가 공국을 멸망시킨 이후로 상인들의 얼굴도 꽤 펴졌다.

잘못하면 공국 전체가 악마의 손아귀에 놀아날 수도 있었고, 심하면 멸망할 수도 있는 상황에서 황제가 공국을 구해 냈기 때문이다.

제국 내에서 개편된 세금 개정안은 이곳 직할령에도 그대로 적용되어 세금 부담이 줄어들었다.

가뜩이나 흉년에 신음하고 있던 백성들이었으나 구휼을 하고 세금을 낮추었으니, 곳곳에서 노래까지 울려 퍼지는 상황이다.

도저히 몇 주 만에 이루어 낸 일이라고는 볼 수 없을 정도의 성과였다.

황제가 공식적으로 행차를 시작하자 백성들은 무릎을 꿇고 고개를 조아리며 경의를 표했다.

"황제 폐하의 행차시다!"

"황제 폐하 만세!"

"만세!"

타로스의 표정은 무심하였으나 그 겉모습에 신경 쓰는

사람은 별로 없었다.

　대체적으로 군주는 포커페이스를 유지하였으나 내심은 그것이 아니라는 사실을 모두 알고 있었기 때문이다.

　[제스의 상점]

　"여긴가."

　"황공하옵니다. 이렇게 대놓고 상점을 열고 있으리라고 는……."

　"됐다. 제스라는 이름을 가진 여자가 한둘도 아니었을 테니."

　타로스는 이제라도 찾아낸 것이 다행이라고 생각했다.

　가까운 미래, 대연금술사로 명성을 드날리게 되는 제스가 고작 이런 허름한 가게를 열어 생활하고 있을 줄은 타로스도 예상하지 못했다.

　딸랑! 딸랑!

　바깥의 상황을 전혀 모르는 연금술사 제스는 딸랑이가 울리자 습관처럼 외쳤다.

　"어서 오세요! 뭐든 치료할 수 있는 제스의 상점입니다!"

　"그대가 연금술사 제스인가?"

　"네, 그런데 누구……. 헛!?"

구부정한 자세로 뭔가를 연구하고 있던 여자가 놀란 표정을 지었다.

20대 후반 정도 되었을까.

허름한 복장에 평범하기 그지없는 얼굴이었다.

거리를 나가면 어디서나 볼 수 있는 흔한 이미지였다. 이름까지 흔하기 짝이 없어 찾는데 오래 걸렸던 것이다.

제스는 타로스의 복장과 기사들의 존재를 확인했다.

바깥에는 백성들이 무릎을 꿇고 있는 것도 보았다.

"어어엇! 폐하!"

제스가 황급히 고개를 조아렸다.

그녀의 심장이 쿵쾅거렸다.

"이것이 그대가 만든 포션들인가."

"네, 네! 고급 포션은 이쪽으로……."

"괜찮다."

하급 포션부터 고급 포션까지.

하급 힐링 포션은 아무렇게나 진열되어 있었고, 고급 포션은 유리관에 들어 있었다.

그중 희귀하다는 마나 포션은 아예 이곳에는 진열조차 되어 있지 않았다. 서민들에게는 하급 힐링 포션조차 귀했으니까.

"레베카, 질을 확인해라."

"네!"

그녀는 망설임 없이 손가락에 상처를 내더니 하급 힐링 포션을 콸콸 부었다.

조금 느리기는 하지만 완벽하게 상처가 아물었다.

"매개체의 함유량에 비하여 뛰어난 품질입니다."

"그렇다는군."

"아, 예. 나름대로 제가 연구한 방법으로 제조해서 서민들 사이에서는 이름을 날리고 있는 편이죠."

"이곳 포션이 이름났다는 말은 들었노라."

"가, 감사합니다."

"이제 곧 짐은 대륙 정벌에 나선다. 몇 년이 걸릴지 모르는 대역사지."

"이야기 들었어요. 가이아 신전까지 함께하기로 하셨다고⋯⋯."

"영구적인 평화의 정착을 위하여 참전하는 것이지."

"하온데 이곳에는 어째서⋯⋯."

"앞으로 어마어마한 양의 포션이 필요하게 될 것이니, 인재를 스카우트하기 위해 왔다."

"네!?"

그녀는 깜짝 놀라고 말았다.

황제의 제안.

도대체 어떤 연금술사가 황제의 제안을 직접 받을 수 있다는 말인가.

게다가 이곳 직할령에서 황제의 명성은 도저히 범접하기가 힘든 수준이었다.

백성을 구하고 대악마를 처치한 의인.

더욱이 위령제에서 황제의 모습은 많은 백성들을 감동시켰다. 제스 역시 감동한 백성 중 하나였다.

타로스는 대륙에 영구적인 평화를 정착시키겠다는 명분까지 가지고 있었다. 그러한 명분을 신전이 뒷받침하고 있었다.

더 이상 생각해 볼 필요도 없는 일이다.

제스는 머리를 조아렸다.

"저는 미천한 여자일 뿐이에요. 어떻게 그런 중책을 맡기려 하시나요?"

"제국은 남녀평등의 사회를 구현한 곳이다. 여제후까지 존재하지. 여성이라고 해서 제약받을 이유는 없다."

"네? 하지만."

"제국 전쟁 관리국 산하로 들어오라. 제국의 수도에서 상점을 하고 싶다면 열어도 좋다. 연구도 마음껏 하라. 그저 그대는 좋은 포션을 제공하면 된다."

제스의 몸이 떨렸다.

황제가 직접 와서 스카우트 제의를 하고 있는 중이다.

명성이 이렇게까지 드높은 상태에서 완벽한 명분까지 제시하니 제스가 받아들이지 않을 이유는 없었다.

"이, 이런 미천한 몸이라도 괜찮으시다면 신명을 받아 모시겠습니다."

"레베카."

"옛, 폐하!"

"귀환 길에 제스도 함께할 것이다."

"존명!"

황제가 빠져나간 자리.

제스는 곧바로 일어나려다가 휘청거리며 다시 쓰러졌다.

"어엇?"

쿵!

"괜찮으신지요?"

"아, 기사님. 제가 지금 꿈을 꾸고 있는 거죠?"

"꿈이라니요?"

"그렇지 않고서야 저 같은 미천한 여자가 어떻게 황제 폐하의 방문을 받을 수 있는 건가요?"

제스의 말에 레베카는 희미하게 웃었다.

아직도 제스는 여자가 미천하다느니 관직에 들어가는 것이 불가능하다느니 하는 고정 관념에 사로잡혀 있었다.

"제가 기사인 것을 보면 모르겠나요?"

"어……. 그러고 보니."

"실력만 있으면 제후까지 될 수 있는 곳이 바로 제국이죠. 그저 실력에 따라 판가름이 날 뿐."

제스가 눈을 빛냈다.

여자도 관직에 오를 수 있다는 뜻이다.

구 공국에서는 상상도 할 수 없었던 일이다.

"실력만 있으면 가능하답니다. 어쩌면 저는 미래의 전쟁 관리 국장과 함께하고 있는지도 모르죠."

"당치도 않아요! 제 주제에 무슨."

꽈악!

레베카는 그녀의 어깨를 꾹 짚었다.

살짝 멍이 들 정도로 압박한 후에 레베카가 또박또박 말했다.

"제국의 백성이 되었으니 본인 스스로 미천하다거나 깎아내리는 말은 하지 말도록 하죠. 본인 스스로를 귀하게 여겨야 남들도 당신을 귀하게 여길 테니까요."

제스는 고개를 숙였지만, 레베카는 그 안에서 야망을 읽었다.

자존감이 바닥을 치던 제스가 야망을 가진 것은 아주 긍정적인 변화였다.

무너진 공왕궁.

타로스는 하루에 한 번씩 현장을 방문하였지만, 여전히

매몰된 지역의 복원은 요원하기만 했다.

발로그 놈이 얼마나 난장판을 쳐 놓았는지 보물 창고가 깊게 매몰되어 발굴이 쉽지 않았다.

기사들도 도왔고 마법사들도 동원되었지만, 괜히 보물이 손상될 우려가 있어 대부분은 인력으로 잔해들을 치우고 있는 중이었다.

오늘도 타로스는 공왕궁으로 행차했다.

인부들이 예를 취하였으나 손짓을 하여 바로 작업하도록 하였다.

타로스의 곁으로 그란달이 달려왔다.

"아이고, 폐하께서 오셨군요!"

공사의 총책임자는 제국의 제후 중 한 명인 그란달이었다.

구 공국 최후의 적인 왕제 루드비히를 치기 전까지는 그란달이 공사를 책임지고 있었다.

그 역시 바닥에 깔려 있는 보물들에 대해 관심이 많았으므로 어떻게든 빠르게 공사를 끝내려 하였지만, 그게 말처럼 쉬운 일은 아니다.

"그란달 남작, 아직인가?"

"으으, 죄송합니다. 얼마나 깊게 파묻혔는지 파도, 파도 끝이 없사옵니다."

"서둘러야 한다. 이제 며칠 후면 우리는 돌아가야 하니

까. 경도 여기서 몇 푼이라도 더 건지는 것이 낫지 않겠
나?"

"그건……. 에헴, 솔직히 그렇습니다. 전쟁에 돈이 한
두 푼 드는 것이 아니니까요."

그란달 남작도 꽤나 솔직해졌다.

타로스는 희미하게 미소 짓고는 현장을 전체적으로 한
번 둘러보았다.

사방에서 흙을 퍼 올리고 있었고, 꽤 값비싼 물건들이
출토되고 있었지만, 공국의 지하 창고에는 닿지 못하고
있는 형편이었다.

"디그 마법은 소용이 없나?"

"처음에는 꽤 빠르게 파들어 갔지만, 지금은 보물들이
완전히 박살 날 수가 있어 마법사들도 몸을 사리고 있는
형편입지요."

"어쩔 수 없지."

타로스는 몸을 돌렸다.

유물의 출토 작업은 닦달한다고 되는 일이 아니었다.
그러다가 유물이 박살 나기라도 하면 지금까지 개고생을
한 꼴이었으니까.

타로스가 환궁을 하려 할 때였다.

"폐하! 폐하아아아!"

그란달이 눈썹을 휘날리며 흥분한 채 달려오고 있었다.

역시나 황제 앞에서는 한없이 가벼워 보이는 그란달이다. 전투에서는 피에 미친 살귀처럼 굴더니만.

그란달이 웬 팔찌 하나를 들고 달려왔다.

파묻혀 있었던 것인지 여기저기 흙이 묻어 있었지만, 백금에 드래곤이 음각되어 있는 모습은 보통 진귀한 물건이 아니라는 사실을 대변했다.

타로스는 진실의 눈을 켰다.

대현자의 팔찌

등급: 유물
착용 조건: 마력 40/레벨 제한 50
내구도: 무제한

마력 +50
MP 저장: 0/2,000

대현자 아케인이 제작한 팔찌.
강렬한 마력의 기운이 느껴진다.

타로스는 입가에 슬며시 미소를 지었다.

"드디어 찾았군."

§ § §

다이온 황실 직할령 내에서 몇 가지 일들을 처리하는 동안, 타로스는 대현자의 팔찌에 대해 고찰했다.

무려 MP를 500이나 올려 주는 것도 그랬지만, 마력을 저장하여 사용할 수 있다는 것은 초반의 큰 메리트다.

현재 타로스의 마나는 1,800. 여기에 더하여 MP를 2,000이나 저장할 수 있었기에 실질적으로는 마나가 3,800이나 된다고 봐야 한다.

이 정도라면 파워드 킬을 38방이나 뿌릴 수 있는 수치였으며, 앱솔루트 배리어는 19번이나 사용할 수 있다. 최소한 전투를 하는 내내 마력이 고갈될 일은 없다는 뜻이다.

스토리가 중반 이후로 넘어간다면 쓸모가 별로 없게 되겠지만, 그때에는 또 그 당시에 맞는 유물과 신화들이 있었으니 크게 걱정은 되지 않았다.

타로스는 유물에 마력을 충전한다.

스스스슷.

MP 저장: 2,000/2,000

마력이 완충됐다.

본인의 마력과 저장된 마력을 구분하는 것은 의지로 가

능하다.

타로스가 본인의 마력을 쓰고자 한다면, 팔찌의 마력을 사용할 수 있는 것이다.

공왕궁 뒤뜰 연무장에 타로스는 가만히 검을 든 채로 서 있었고, 그 주변을 기사들이 구경을 하고 있었다.

제후들도 숨을 죽인 채 황제의 수련을 보고 있는 중이다.

타로스는 초감각과 초공간 이동을 켰다.

시간이 축 늘어지며 느리게 흘렀고, 주변의 사물들이 슬로 모션처럼 흘렀다.

전방에는 허수아비들이 쭉 세워져 있었는데, 몸을 날리자 순식간에 거리가 좁아진다.

"오오!"

"역시나."

흐르는 탄성.

기사들이나 제후들의 목소리도 축 늘어지고 있는 가운데 저장된 MP를 사용하여 연속으로 파워드 킬을 날렸다.

쾅! 콰과과과광!

천지를 흔드는 폭음.

허수아비 다섯 마리는 흔적도 없이 사라졌고, 연무장 바닥도 완전히 박살 나 가루가 되었다.

타로스는 다시 제자리로 복귀하여 한숨을 내쉬었다.

'도대체가 중간이라는 것이 없으니.'

검술이라는 자체를 알지 못하는 타로스였다.

고속으로 이동하며 위급 상황에서는 앱솔루트 배리어를 쳤으며, 필요할 때에 파워드 킬을 뿌려 죄다 박살을 냈다.

지금까지는 모두 죽여야 할 대상에게 즉사기를 뿌렸으나 전쟁이 시작되면 주야장천 파워드 킬만 사용할 순 없었다. 그렇다고 황제의 체면에 검술 하나 배우지 않은 것도 수치스러운 일 아닌가.

검술이 필요한 시점이었다.

'적당한 검술이 있어야겠는데.'

원작의 황제는 제왕검술을 익히고 있었다.

수백 년이나 이 검술을 수련하였고, 종국에는 무적에 이르렀다는 설정이다.

그러나 타로스는 그렇게 오랜 시간 검술을 익힐 상황이 아니었다. 신화급의 스킬로 무장을 해야만 한다.

초반에 쓰기에 적절한 신화급 스킬은 바로 천지검결.

지금 당장 구하기에는 무리가 있었지만, 율리우스 왕국을 점령하고 나면 그들이 지니고 있던 보물을 털어 사용할 수 있을 것이다.

다만, 대전쟁을 버틸 수 있을 정도의 검술이 필요하기는 했다.

'아쉬운 대로 루드비히 왕세의 검술을 사용해야 하나.'

루드비히 왕제의 영지에는 뇌전검결이 서책 형태로 있었고, 원작의 타로스는 그걸 휘하 기사들에게 던져 준다.

지금의 타로스에게는 한줄기 빛과도 같은 검술이다.

마력이 늘어나도 즉사기 하나만 들고 대전쟁을 하기에는 무리가 있었으니까.

타로스는 다시금 사용한 마력을 완충한다.

몸에서 대량의 마력이 빠져나가는 것이 느껴진다.

MP 저장: 2,000/2,000

사용된 마나는 천천히 회복을 시작하였다.

필요하다면 마나 포션을 사용하여 급속하게 채울 수도 있었지만, 급한 상황이 아니라면 마나 포션 사용은 자제하는 편이 좋다.

마석 자체도 고가였지만 사용 후에는 어지럼증 등을 동반했으니까.

"폐하!"

연무장을 가득 채우며 로빈슨 단장이 달려왔다.

그의 얼굴에는 낭패한 기색이 가득하였다.

"무슨 일인가."

"반역자 루드비히가 소환 마법진을 완성하였다는 소식

이옵니다!"

"……!"

웅성웅성.

술렁거림이 일었다.

지옥 4대 천왕의 일좌를 차지하고 있던 발로그의 등장은 사람들에게 트라우마로 남아 있었다.

때맞춰서 타로스가 도착했기에 망정이지 조금이라도 늦었으면 공국은 쑥대밭이 되었을 것이다.

기사들이 격하게 반응했다.

"폐하! 당장 출격해야 하옵니다!"

"시간이 없는 줄로 아옵니다!"

"악마의 하수인 놈이 참회를 해도 부족할 판에 일을 키웠군."

"어찌할까요?"

아직 병력 1만이 모두 준비된 것은 아니었다.

타로스가 데려온 병력은 영지 전체로 흩어져 귀족들의 병사들을 인계받고 반항하는 자들을 처단하는 등의 업무를 진행하고 있었다.

이대로 시간이 지나면 루드비히의 영지는 완파될 것이다. 생명체는 살아남을 수 없을 것이고, 지옥의 문이라도 열리면 처리가 곤란해진다.

"출격 가능한 병력은?"

"5천입니다!"

"전원 말을 지급할 수 있나?"

"예! 공국 전역에서 군마를 끌고 왔고, 5천의 기병을 편성하는 것은 무리가 없을 줄로 아옵니다."

제국군이 가진 이점 중 하나다.

기본적으로 제국군의 레벨은 높았고, 웬만한 자들은 승마를 익히고 있었다.

전문적으로 말을 타고 싸우는 것은 몰라도 이동하는 것이야 충분히 가능하다는 뜻이다.

원래의 계획대로라면 병력을 1만 정도를 모아 루드비히의 영지로 진격하려 하였으나 일이 급하게 되었다.

"출병 준비를 서둘러라."

"존명!"

직할령 수도 마키나의 성채 앞.

5천에 이르는 기병이 출격을 명령받아 대기하고 있었고, 가이아 신전에서 지원을 나온 성기사 1백, 그리고 사제 20명이 합류했다.

성벽 위는 물론이고 성채 밖까지.

구 공국에 마지막 남은 망령을 제거하는 출병식을 보기 위해 백성들이 죄다 몰려나와 있었다.

타로스는 굳이 백성들을 말리지 않았다.

지금 치안은 매우 안정되어 있었으며, 타로스가 신의 대리자이자 성인이라는 인식이 뿌리박히고 있었으니까.

타로스는 성벽 위로 올라왔다.

원래부터 황제는 연설을 길게 하는 스타일이 아니었기에 그들에게 한마디 하는 것은 큰 부담이 아니었다.

"제군들은 들어라."

"……"

모든 사람들의 시선이 황제에게 쏠렸다.

사명감이 가득한 얼굴.

패할 것은 생각조차 하지 않고 있었다.

그보다는 최대한 빨리 루드비히 공작령에 도달하여 악마 추종자의 마지막 남은 수괴이자 반역자의 목을 따는 것만 생각했다.

타로스의 말도 크게 다르지 않았다.

"우리는 악의 마지막 씨앗을 제거한다. 루드비히 왕제를 타도하고 놈을 화형시켜 대륙의 평화에 이바지하리라. 출병한다."

"출병하라!"

"추-웅!"

병사들의 우렁찬 함성이 사람들의 가슴을 울렸다.

악을 박멸하고자 하는 황제의 행보에 백성들은 아낌없는 응원을 보냈다.

두두두두!

5천에 달하는 병력이 거대한 먼지를 일으키며 북진하였다.

루드비히 공작령은 구 공국에서도 가장 북쪽에 처박혀 있었다.

전 왕은 왕좌에 위협 때문에 자신의 동생을 유배 보내듯 북쪽으로 보냈었다.

마령회는 마치 암 덩어리와 같아 공국의 모든 왕족과 귀족들을 전염시켰다. 그건 루드비히도 마찬가지였다.

루드비히는 다른 왕족들을 뛰어넘는 광신도다.

조금이라도 늦는다면 대학살이 벌어질 것이 확실하다.

다들 죽어라 말을 달리고 있는 가운데, 기사들은 비교적 여유롭게 속도를 유지하고 있었다.

애초에 기사와 병사의 승마술이 같을 수는 없었다.

성기사들도 병사들과 속도를 맞추었기에 여유로운 기동을 보였다.

로빈슨 단장은 후방에서 병사들을 독려하는 역할을 맡았는데, 그의 곁에는 성기사단장 에반이 함께하고 있었다.

"도저히 믿을 수가 없군요."

"무엇이 말입니까?"

"지옥의 4대 천왕이 황제 폐하의 손에 박살이 났다는

것이 말입니다."

"그리도 믿음이 부족해서야."

"하하하! 이거 죄송합니다. 신을 모시는 자가 기사님께 무례를 범했습니다. 폐하를 의심하는 것이 아닙니다."

"그러면요?"

"단 한 방에 지옥의 군주를 보내 버렸다는 것이 믿기 힘들어서 말입니다. 어느 정도 전투가 격렬하게 펼쳐지지 않았을까 싶어."

"나름대로 조사를 한 것으로 압니다만."

"그러니 더 믿을 수가 없는 것이지요. 지옥의 4대 군주 중 하나가 죽었습니다. 이 정도라면 마왕이 강림한다고 해도 처리할 수 있는 것이 아닌가 하는……."

"아마 가능할 겁니다."

로빈슨 단장은 그렇게 믿고 있었다. 어떤 상황이 오더라도 황제가 돌파할 수 있으리라는 믿음을 가졌다.

성기사단장은 그런 로빈슨을 바라보며 크게 깨닫는 바가 있었다.

"단장께서 믿으시니, 저 역시 성인으로 추대된 폐하를 믿어 보겠습니다."

"믿음에 배신당하지 않으실 겁니다."

두두두두!

그들의 목소리는 흙먼지에 파묻혔다.

5천의 군대는 어마어마한 속도로 북진하여 단 이틀 만에 공작령 초입에 들어섰다.

루드비히 공작령.

마령회의 광신도인 루드비히의 영지는 이름만 거창하게 공작령이었지, 사실 인구는 그리 많지 않았다.

겨우 인구 5만의 작은 도시 수준이었으며, 영지를 지키는 군대도 고작해야 1천에 불과했다.

이는 제국 준남작령에도 미치지 못하였고, 전 공왕이 얼마나 루드비히를 경계하였는지 알 수 있는 대목이다.

이 작은 도시에는 극도의 긴장이 흐르고 있었다.

인구도 적고 지대도 높아 제국의 칼날이 비교적 늦게 닿고 있는 바람에 미치광이 공작의 폭정은 더욱 심해졌다.

모든 백성들이 노역이나 병사로 징집되었으며, 하루에도 수백 명씩 사람들이 사라졌다.

제국의 포고문이 여기까지 나돌고 있는 상태였다.

무엇보다 가이아 신전에서 참전하였고, 마령회를 공식적인 적으로 지정하였으며, 공국 전체가 악마와 관련이 깊다는 소식에 백성들은 절망했다.

이대로라면 모두 죽는 것이 아닌가 하는 이야기들이 떠돌았다.

    징집병으로 나무창 하나만 지급받은 채 성벽 위로 내몰린 병사들은 저 멀리 흙먼지가 피어오르는 것을 보았다.

"제국군이다! 비상종을 울려라!"

영지 기사가 흙먼지를 발견하고는 소리쳤다.

"……."

그러나 어떤 병사들도 움직이지 않았다.

누군가가 소리쳤다.

"황제께서 오신다!"

"오오!"

"이 잡것들이? 어서 명령대로 움직여라!"

기사들이 고래고래 소리를 질렀다.

하지만 이미 병사들의 눈동자는 반쯤 돌아 있었다.

악마에게 영혼을 파느니 차라리 여기서 죽고 말겠다는 의지가 엿보였다.

한 병사가 기사를 기습하여 목젖을 창으로 찔러 버렸다.

퍼억!

푸하하학!

핏물이 사방으로 비산했다.

그것을 시작으로, 반란은 큰 불꽃이 되어 영지 전역에 번져 나갔다.

"황제께서 오신다! 성인을 맞이할 준비를 하라!"

"와아아아!"

"깨어나라, 신의 자식들이여!"

"끄아아악!"

"아아아악!"

성난 군중들이 영지군을 덮쳤다.

§ § §

영지의 수도 마키나에서 반역자의 영지까지 고작 3일.

공국 전체가 제국에 귀속됨에 따라 자연스럽게 마지막 하나 남은 영지의 영주인 루드비히는 반역자로 낙인찍혔다.

루드비히는 가이아 신전의 적으로도 선포된 상태였다.

제국의 군대는 거침이 없었으며, 순식간에 루드비히의 본성까지 접근했다.

여기까지 오는 동안 그 누구도 제국군을 막지 못했다.

애초에 인구 5만에 1천 정도의 병력을 보유한 루드비히의 군대가 제국군을 막을 수 있는 역량을 보유하기도 만무했다.

가장 문제가 되었던 것은 바로 루하드 산성이었는데, 산성의 군대 역시 황제와 가이아의 깃발을 보자마자 문을 열었다.

무혈입성 후 재정비한 후에 다시 여기까지 달렸다.

저 멀리 불타는 도시가 보였다.

척후병이 빠르게 달려와 보고했다.

"폐하! 도시 내부에서는 반란이 일어났고, 신의 사도들이 악마의 군대를 붕괴시키고 있사옵니다!"

"알아서 무너지고 있는가."

"지금까지 잠잠했던 것은 제국군이 도착하기만을 기다리고 있었기 때문으로 사료되옵니다."

타로스는 좌중을 둘러봤다.

모두가 사명감에 타오르는 눈빛이었다.

특히나 성기사들이나 사제들은 당장이라도 적들을 도살해 버릴 것만 같았다.

"적들의 방어선이 무너졌다. 빠르게 돌파하여 악마의 수괴를 잡는다."

"존명!"

"폐하께서 악마를 화형시키라 명하셨다! 진군한다!"

"와아아아아!"

분노한 군대가 곧바로 도시 내부로 들어가 휩쓸었다.

이미 도시 내에서는 반란이 일어나 혼란에 휩싸인 상태.

병사들은 말에 탄 그대로 루드비히의 군대를 쓸어버렸다.

꽈직!

푸하하하학!

내부에서 무너지고 있는 군대는 이미 군대라고 말할 수 없었다.

걱정했던 것과는 다르게 루드비히 영지군은 허무할 정도로 빠르게 쓰러졌으며, 징집병들뿐만이 아니라 영지 내 속해 있던 병사들이나 기사들도 항복해 왔다.

"살려 주십시오! 저희들은 죄가 없습니다!"

"그저 살기 위해 검을 들었을 뿐입니다!"

"닥치고 포박을 받아라! 너희들의 죄는 심판을 통하여 밝혀질 것인즉!"

병사들이 거칠게 영지군을 추포하기 시작했다.

상황이 이쯤 되자 타로스나 제후들이 나설 필요도 없어졌다.

"괜한 걱정이었나."

"그러나 지금쯤 악마 소환 의식이 그 끝을 향해 나아가고 있을 줄로 아옵니다. 빠르게 이동해야 합니다!"

"그럴 필요 있나. 악마가 튀어나오면 죽이면 그뿐이다. 지옥의 악마는 하나라도 줄어드는 편이 낫지."

"……!"

에반의 말에 타로스는 무심한 표정으로 답했다.

악마가 나타나면 죽여 버린다는 것.

그편이 세상에 이롭지 않겠냐는 뜻이다.

듣고 보니 맞는 말이다.

"그, 그렇게까지 생각해 본 적은 없습니다만……. 폐하께서 악마를 죽이실 수 있다면 그것도 나쁘지 않은 줄 아옵니다."

성기사단장은 고개를 숙였다.

"이동한다. 악마가 소환된다면 짐이 직접 상대할 것이다."

루드비히 공작령 지하 감옥.

음습한 기운과 함께 진득한 마기가 흘렀다.

마법진에서는 연신 요사스러운 빛이 뿜어지고 있었고, 마기에 중독된 자들은 눈을 부릅뜨며 마신을 찬양했다.

"위대하신 악의 근원이시여, 이렇게 엎드려 청하니 이 땅에 강림하시여 그 위대함을 보이소서!"

"마신을 찬양하나이다!"

스스스슷!

피를 머금은 마법진에서는 뭉클뭉클 마기가 쏟아져 나오고 있었다.

콰아아앙!

"오오, 악의 근원이여!"

마기가 수직으로 솟구치며 주변의 모든 건물들을 파괴하였다.

실로 장엄한 광경이었다.

왕제 루드비히 공작은 눈에서 피눈물을 흘리며 감격에
떨었다.

"오라, 어둠이 대륙을 잠식하고 짐은 만인의 지배자가
되리니! 만백성이 떨어 울며 짐을 찬양하게 되리라. 크하
하하!"

공작은 제정신이 아니었다.

완전히 눈알이 뒤집히기 직전이었으며, 온몸의 핏줄이
도드라진 채 광소하고 있었다. 마녀보다 더한 모습이었
다.

폭발로 구멍이 뚫리자 훤하게 지하 감옥이 드러났다.

얼마 떨어지지 않은 곳에서 황제를 비롯한 성기사들과
기사들, 제후들이 달려오고 있었다.

성기사들의 입에서 탄식이 흘렀다.

"이미 늦었는가."

쿠구구구!

빠직! 빠지지직!

강렬한 뇌전.

지옥에서 올라오고 있는 거대한 악마의 모습에 일순간
전투가 멎고, 모든 사람들의 시선이 마법진에 집중되었
다.

루드비히와 어둠의 사제들이 꿇어 엎드렸다.

"악을 찬양하라!"

"만세!"

"이 세상은 마신 폐하의 대리자인 짐의 것이니! 숭배하라, 만악의 근원을!"

곧이어 대악마가 모습을 드러냈다.

검은 뿔. 그리고 땅에 닿을 듯한 양쪽 팔과 어마어마하게 주변으로 퍼져 나가는 지옥의 뇌전까지.

대악마 마몬이 등장했다.

탐욕을 상징하는 대악마 마몬.

지옥의 4군주 아래 7대 대악마들이 포진하고 있었고, 마몬은 그 중 일좌를 차지한다.

지옥에 떨어진 타락 천사들이 신에 대한 반격을 결의한 후에 만마전을 세웠고, 마몬은 그 한복판에 자리 잡은 후에도 땅을 파고들어 가 금괴를 캤다고 한다. 실로 탐욕의 악마라는 별칭이 잘 어울리는 행동이었다.

아름답던 천사의 얼굴은 변형되어 뱀을 닮은 요괴와 같았으며, 온몸이 검은 비늘로 덮여 있어 절로 혐오감이 들었다.

지옥에서 소환된 대악마를 직접 본 성기사들과 사제들은 일제히 성호를 그으며 신을 찾았다.

"여신 가이아이시여, 저희에게 악을 멸할 수 있는 힘을 부여하소서!"

"악마가 현신하였으되 신께서 저희를 보우하시니 악을 멸할 수 있으리라."

"……"

가이아 신전의 군종들이 기도를 올리고 있었으나 타로스를 비롯한 제후들, 기사들, 병사들은 말없이 뇌전에 휩싸인 마몬을 바라보고 있었다.

정확하게는 모두가 황제에게 시선을 집중하였다.

지옥의 대군주조차 황제의 상대가 되지 못했다. 그 하수인이라 볼 수 있는 대악마 따위(?)는 단숨에 죽여 버릴 수 있으리라 본 것이다.

실제로 타로스는 마몬이 현신을 끝내자마자 초공간 도약으로 공간을 뛰어넘어 즉사기를 선사하려 하였다.

"기다려라. 놈의 현신이 끝나지 않았다."

"예!"

타로스는 검을 뽑아 바닥에 늘어뜨렸다.

일촉즉발의 위기 상황이었다.

긴장감이 장내를 타고 흘렀다.

꿀꺽!

악을 멸하는 선봉대인 성기사들조차 이 엄청난 광경에는 다리가 풀릴 지경이었다. 그나마 독실한 신심에 육체가 무너지려는 것을 방지하고 있을 뿐이다.

-누가 이 몸을 소환하였는가.

"오, 지옥의 대악마시여, 제가 당신을 소환하였나이다!"

-쓸데없는 짓을 벌였구나.

"예? 그게 무슨 말씀이십니까!?"

왕제 루드비히의 얼굴이 부들부들 떨렸다.

기껏 악마를 소환해 놓았더니 뭔 개소리를 지껄이고 있는 것이다.

소환 의식을 하기 위하여 희생된 정남 정녀가 무려 1천에 달했다.

그만한 피가 흐르고 나서야 간신히 대악마 소환진을 완성할 수 있었는데, 소환된 대악마는 현신조차 하지 않고 있었다.

정확하게는 도망치고 싶어 하는 말투였다.

-우리 대악마들은 물론이고 대군주들조차 지상계로의 소환이 금지됐다.

"……뭐라고요? 그게 대체 무슨 소리입니까!?"

-대군주의 일좌를 차지하신 발로그 님께서 지상계의 황제에게 단 일검에 즉사당하시자 마왕께서 당분간 지상계의 일에 관여치 말라는 명령을 내린 바.

"허어!"

"뭐라고!?"

웅성웅성.

마몬의 입에서 충격적이 말들이 쏟아져 나오고 있었다.

한마디로 말해 타로스가 발로그를 죽인 이후에 마계에서도 이를 심각하게 받아들이고 회의를 했다는 뜻이었다.

대군주가 힘도 쓰지 못하고 한 방에 격살되었으니 도저히 그 힘이 무엇인지 확인이 되기 전까지는 아예 지상계로의 관여를 금지한 것이다.

하급 악마들이 일개 개인과 계약하는 것까지는 모르겠지만, 위대한 존재들은 소환을 거부하기로 결의했다.

마몬의 눈동자가 황제에게 닿았다.

-그대가 바로 위대한 황제인가.

"인간의 왕인 것은 맞다."

-그대는 인간의 왕이되, 경의를 표하노라.

"그거 아쉬운데. 현신하여 한바탕 붙어 볼 줄 알았다."

-나 역시 죽음이 두려운 자. 굳이 절대자와 붙어 명을 재촉할 필요는 없지. 당분간 대악마들은 소환에 응하지 않을 것이다.

"언제든 오라. 짐이 상대할 것이니."

-오늘은 물러가나, 황제여 두려워하라. 마왕 폐하께서 진격을 명하신 날, 중간계가 멸망할 것인즉.

스스스슷!

마몬이 마법진을 통하여 사라지고 있었다.

이미 제국군에 포위된 루드비히는 크게 당황했다.

"돌아와라! 대악마가 줄행랑을 치느냐!"

―소환자여, 거대한 파도를 거스르지 말지어다.

"……."

"허, 저런 미친 새끼가……!"

루드비히의 몸에 축적되어 있던 마기가 빠져나가자 놈 역시 제정신을 찾았다.

소환 의식을 진행하였던 암흑사제들도 크게 당황해하고 있었다.

악마가 두려워 중간계에 나오지 않겠다는 선언을 했다.

인류 역사상 처음 있는 일이었다.

완전히 마기가 사라지고 제국군 병사들이 포위망을 좁혀 가자 루드비히의 광증이 갑작스럽게 도졌다.

"이런 씨발 새끼야! 내가 이걸 준비한다고 얼마나 많은 백성들을 죽였는지 아느냐!"

사실 황당하기는 여기까지 군대를 몰고 온 기사들이나 제후들도 마찬가지였다.

설마하니 7대 악마로 이름이 드높은 대악마가 지옥으로 줄행랑을 칠 줄은 꿈에도 몰랐던 것이다.

"폐, 폐하. 상황이 정리되었습니다."

로빈슨 단장이 경외감 어린 표정으로 타로스에게 말했다.

모든 사람들의 시선이 타로스에게 향했다.

"싱겁군. 루드비히를 포박하고 나머지는 모조리 즉참하라."

"존명!"

"오지 마! 오지 마, 이 새끼들아! 아아아악!"

루드비히의 처절한 외침이 사방으로 메아리쳤다.

다이온 공국은 완전히 평정되었다.

이제 공국이라는 이름은 역사서에만 등장하게 되었으며, 모든 강역이 제국으로 편입됐다.

정식 명칭은 다이온 황실 직할령.

직할령에서 최후까지 발악하던 루드비히 공작은 체포되었으며, 마기에 잠식되어 있던 땅은 정화됐다.

오늘, 이곳에서는 믿을 수 없는 일이 벌어졌다.

백성들부터 제후에 이르기까지.

두 눈으로 직접 보지 못했다면 거짓말이라도 했을 만한 사건이 터진 것이다.

대악마의 역소환.

황제의 행보로 인하여 일검에 죽어 버린 발로그 덕분에 대악마급 이상의 악마들은 아예 중간계에 관여하지 않겠다고 공언까지 해 버렸다.

믿을 수 없는 일이지만 실제로 벌어진 일이었다.

이제 일개 도시로 전락한 루드비히의 대로 한복판.

악마에게 크게 뒤통수를 맞은 얼뜨기로 기록될 루드비히 공작의 화형식이 진행됐다.

백성들은 모두 몰려나왔으며 황제는 의자에 비스듬하게 앉아 루드비히의 최후를 지켜봤다.

로빈슨 단장이 외쳤다.

"폐하! 판결을 내려 주십시오!"

"악마의 추종자에게 내려지는 판결은 화형이다."

"죄인을 끌고 와라!"

"읍! 으으읍!"

몇 시간 사이에 사람이 10년은 늙어 버린 루드비히가 포박을 당한 채 질질 끌려왔다.

워낙에 저주의 말들을 퍼붓는지라 입에는 재갈이 물려 있었으나 최후의 발악인지 몸부림을 치기 위하여 파닥거렸다.

하지만 모두 허사였다.

우악스러운 기사들의 손에서 그가 벗어날 수 있는 방법은 없었다.

십자가에 루드비히가 묶이자 기사들은 망설임 없이 짚단에 불을 붙였다.

화르르륵!

죄인이 타들어 가고 있었다.

"끄아아아아악!"

재갈이 타 버리자 끔찍한 비명 소리가 울려 퍼졌다.

그러나 누구도 그가 불쌍하다고 여기지는 않았다.

그 대신이라고 해야 할까.

지금 이 순간.

지옥의 문까지 닫아 버렸으며 악마들을 벌벌 떨게 만든 황제에게 경외의 외침이 터져 나갔다.

"황제 폐하 만세!"

"신의 대리자 만세!"

"와아아아아아!"

어마어마한 함성이 메아리치는 가운데 타로스는 사람들이 듣지 못할 정도로 나직하게 중얼거렸다.

"나는 무교인데 말이야."

『황제는 살고 싶다』 3권에서 계속